My brother,
lives in my body.
DARK櫻薰/NOVEL
薩那SANA. C/ILLUST
002
黑暗與光明的交

Contents

前往

夜裡，大多數人都已經入睡的宿舍中。

某道未關妥的窗旁，有著一頭銀色長髮的少年正站在那裡，淡淡收回看著窗外的視線，將目光移到門口。

現在這個時間，身為宿舍管理員的兩位室友正忙著巡視宿舍，短時間內不會有空回來，恰好方便他靜下來思考。

首先，應該住在這個房間裡的第三個人龍夜，也就是這個身體的擁有者，更是被他的靈魂借用身體寄住的雙胞胎弟弟，究竟在看什麼？

會看到站在窗邊就睡著了，是看到什麼需要注意又不用太在意的狀況？

早知道就別忙著想事情，多注意一下龍夜的動向也好，不然龍夜這一睡著，肯定會一覺到天亮，害他想弄到答案也不行。

從來不知道龍夜是這麼八卦的人啊，身為哥哥的暮朔一臉糾結。

算了，龍夜會看到睡著，代表不是那麼重要，僅僅是放不下好奇心吧？

暫居在龍夜身軀中的他，只有夜晚時分或者是經過特殊手段的召喚，在龍夜進入睡眠狀態後，才能替代他出現。

他的時間有限，而今晚龍夜睡的很晚，晚到浪費他不少時間。

暮朔動了動因為龍夜站著靠在窗邊睡著，導致發痠、發麻的肩膀和雙腿，心想他差不多該去忙正事了。

手輕彈指，一個完整劍柄和一堆碎裂的劍身，浮現在他的左手掌上。

暮朔晃動著左手手腕，目光隨著斷劍移動，究竟該怎麼辦？

如果是其他人，早把毀壞成這樣的斷劍當廢棄物扔掉。

但他是鍛造師，不是一般用劍者，出自他改造的武具即使斷裂了，也有另行修復的方法，不然，他的鍛造師招牌可以拆下送人了。

現在的問題是，用什麼辦法修復，才能讓劍恢復最完美的狀態？

暮朔晃了晃斷劍，他那時從龍月手中將它回收時，看到劍的慘狀，一時情緒失控，不小心惡整了龍月一頓。

當然，身為弄斷劍的罪魁禍首，龍月挨整挨的很心甘情願。

暮朔的心情剛好了一點，便因為龍夜的室友，利拉耶・斯克利特和賽洛斯・科塞德這兩名宿舍管理員替龍月又申請了一把院生長劍，害他在兩個無關緊要的「陌生人」和他這個「熟識者」對待此事的態度對比上，發現自己略顯惡劣。

所以，拿回了斷劍的暮朔，多了新的煩惱。

那兩位管理員的好意，龍月是收下了，問題是，學院配給的武具，全是普通的貨色，沒有改造的話，往後還是會出現每用必「碎」的窘境。

除非，暮朔再次幫龍月改造新劍，但這樣花費的材料會過多。

畢竟斷劍已經經過一次改造，材質上絕對比新劍好，但是碎裂到這種程度，想要重新塑造成劍，要花費的心血和時間又肯定比新劍更多。

是選哪個好呢？要選完成速度快的，還是成果較好的？

不管選哪種，有了上次的教訓，暮朔打定主意，既然想要將劍一次性改造好，材料的準備就不能馬虎，最好能徹底解決龍月的武器問題。

也就是說，需要好材料來應用。

一想到好材料，暮朔立刻想起校長在楓林學院禁地製造的水祕石，那東西充滿了水元素，是與龍月屬性相同的物品。

如果拿水祕石改造龍月的新劍，應該會有很好的成效。

只是水祕石在上次的學院測驗中，因為他的惡整，被龍夜和龍月毀去。雖然他可以利用楓林學院的圖書館尋找水祕石的相關資料，重新做出一顆，可是暮朔一想到這個行動是如何費時費力，就覺得不切實際。

看來直接找校長索取水祕石，是更好的選擇。

想到這裡，暮朔下了決定，將手中的斷劍上拋，手指輕彈，斷劍應聲消失。

只是，他一走到房間門口，門就被人從外側打開。

門外，是已經巡完宿舍的兩名宿舍管理員兼室友。

暮朔對著他們，露出一抹微笑。

My brother,
lives in my body.

★雙夜┐黑暗與光明的交錯/PAGE 002

一見他這麼晚了還想要外出，兩名管理員一臉疑惑地看著他。

有著淺藍眼色的室友露出狐疑的眸光，「小夜，你要出去？時間晚了。」說完，利拉耶指著龍夜的床，像是示意他，快點乖乖去睡。

暮朔沒想多久，很快就用他們所熟悉，屬於龍夜的說話口吻回答。

「嘿嘿，抱歉啦，我突然想到，武具放在外面忘記收了。利拉耶，我可以出去一下下嗎？等我找到武具，會馬上回來，你就睜一隻眼閉一隻眼，放我離開宿舍啦，我擔心武具會被人拿走……」

一邊說，他一邊雙手合十，用可憐兮兮的眼神哀求著。

利拉耶驀然有一種自己在欺負小動物的錯覺，他支支吾吾了老半天，不知道該不該答應，這可是違反宿舍規章的行為呀！他的內心掙扎著。

暮朔見利拉耶動搖了，決定再接再厲。

「利拉耶，如果我的武具找不到，想再申請很麻煩的。」

是很麻煩。利拉耶終於忍不住嘆息，「雖然知道你常忘東忘西，但是沒想到你居然連武具都忘了……算了、算了，你快點去把武具拿回來吧！」

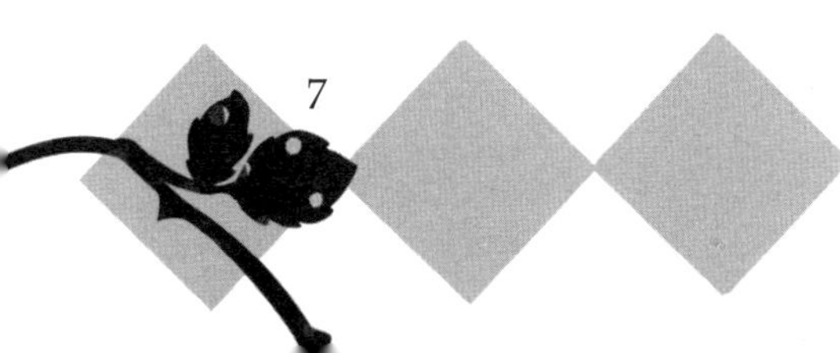

暮朔見狀，馬上學龍夜撲過去握緊利拉耶的雙手，不斷上下搖晃。

「謝啦，利拉耶，那我馬上出去找，如果找不到就慘了。」

為了增加真實度，暮朔故意做出煩惱的神情。

「你也知道什麼是慘啊？」利拉耶翻了翻白眼，「好啦，快去快回，我跟賽洛斯先休息了，你回來時要注意別吵到我們。」

「好，知道了，那我先離開啦，利拉耶、賽洛斯晚安。」

暮朔分別和室友們道晚安後，轉身跑出房間，往宿舍外跑去。

他的目的地是——楓林學院校長所管理的院區，雲華院。

chapter 01 祕密的會談

楓林學院雲華館，是楓林學院大多數重要教學設備的所在地，也是學院三座白塔最中間的那一座。

暮朔進入雲華館後，才向前一踏，腳下就泛起細微的黃光，眨眼之間，他人已經來到了館內的中央大廳。

中央大廳連結了許多通道，暮朔朝後頭走廊瞥了一眼，在走廊盡頭的最上方，有個亮起的白色招牌，上面寫著「出口」。

「原來如此。」

暮朔低頭，腳下的黃光已經不見。想來那道黃光應該是要節省進入時間，所設置的短程傳送陣。

這個雲華館內部比他所想像的還要寬敞，明明從外面看來十分狹窄。

「校長室在哪裡？」暮朔喃喃著，到處張望。

附近其他走廊上方的招牌顯示出來的字樣，幾乎都是「教室」、「儲藏室」、「研究室」之類的，就是沒有看到「校長室」。

他在大廳走了一圈，十分確定這些走廊沒有通往「校長室」。

難不成校長室在其他地方？

腦中浮現出這個念頭後，暮朔一秒內就否定了它。

全楓林學院都知道，要找校長必須要到雲華館，地點應該沒錯。

況且，沒有記錯的話，他之前問宿舍管理員有關於「學院三塔」時，宿舍管理員之一是這樣回答——

「那三座塔沒有表面上看起來的簡單，實際上，那裡面設置了很多實用型的魔法，就防護性來說，比宿舍強上十幾萬倍。」

從管理員的話中判斷，最好的防護，不是在前往某處的道路上設置各種障礙，而是乾脆讓那個地方不被人所知，也就是說，校長室的入口被隱藏起來了。

只是，隱藏的魔法陣設在哪裡？

暮朔閉上眼，「觀察」周圍的魔力波動有沒有異狀。

在黑暗中，暮朔看到其中一條黃色的線，是剛剛關閉的雲華館入口，周圍還有數道光芒，那應該是其他走廊的傳送路徑。

至於比較特別的……他仰起頭，凝視著上方，在上頭有一個金色的光芒十分耀眼，比其他的傳送路徑都要充滿力量──那應該是校長室！

暮朔睜眼，看著上方的吊燈，頓時不知道該說什麼。

校長明明把其他地方的移動路徑設置的挺便捷，怎麼校長室的入口卻在上方？是故意刁難人，好讓院生們少去校長室嗎？

暮朔摸了摸衣服，看看龍夜有沒有帶什麼符咒，可以驅動吊燈上的傳送魔法，讓他直接前往校長室。

當他還在摸索，一道陌生的嗓音傳入暮朔的耳中。

「同學，請問一下，你這麼晚了來雲華館做什麼？」

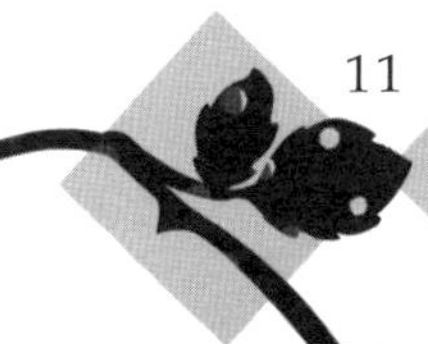

暮朔抬起頭，朝傳來聲音的地方望去。

在通往「研究室」的走廊處，走出了一名有著異樣黑髮的青年。他的髮色很奇特，是黑中參雜著另類的白。

「啊，沒什麼，我是來找校長的。」

暮朔給了青年一個微笑，從口袋裡摸出一張符紙，將它收在掌中。

他記得龍緋煉之前在調查學院時，在那份整理過的重要人物資料裡，有著與眼前青年相符的人物資料。那是校長祕書——闇夜。

青年對於這個回答，愣了一下，「一般院生要找校長，請在白天與下午時間進入，校長室會在那時候開啟，其他時間禁止通行，所以，明天請早。」

暮朔抓到青年的語病，抬起手，食指朝吊燈指去。

「那非一般院生在非正常時間找校長，是不是用那個進入？」

語落，暮朔催動符咒，讓符咒波動與吊燈上的傳送魔法同步，強行開啟。

瞬間，吊燈泛起金色的光，大廳中央霎時浮出一道魔法陣。

暮朔嘴角勾起，覺得青年臉上的詫異神色非常好玩。

青年收起驚訝，沒有意外的喊出這個學生的身分，「你是龍夜對吧？」

「你是校長祕書闇夜，是嗎？」

校長祕書闇夜與暮朔相視而笑。

「你的同伴呢？」祕書沒有看到其他人，「他們怎麼不跟你來？」

「嘛，找校長說說話，需要這麼多人陪著嗎？」

暮朔說完，彈了個清脆響指，發動大廳的傳送魔法陣。

闇夜眼見暮朔瀟灑的離開，根本不給他回話的時間，只能搖頭。

「第一次遇到這樣的人呀！我還是在這裡等校長的通知，別上去好了。」

決定不去看麻煩學生跟麻煩院長的麻煩溝通，闇夜在大廳裡不會被人踩到的角落處，隨意找一個地方坐下，靜靜地等候通知。

傳送之陣的光芒退去，暮朔來到一個褐色的木造大門前。

這是校長室的大門？完全看不出任何防備的力量波動，僅僅是在門口的左右兩邊，分

別刻著兩棵楓樹形狀的褐色浮雕。

這道門連鎖都沒有，想必校長很相信他隱藏傳送魔法陣的手段。

至於開門方式，看這個設計應該是要用推的。

暮朔見狀，二話不說，抬腳用力一踢——

碰的一聲，大門狠狠往內側撞去，打到牆壁後，飛快彈了回來。

毫不在乎木門在這前撞、彈回時發出的淒厲破裂聲，暮朔見門朝自己的方向逼近，不慌不忙地再重重補上一腳。

這次，門直接被他給踢壞了，變成數塊木板散落一地。

「唉呀唉呀！」暮朔搔了搔臉頰，彷彿是個無辜旁觀者，而不像是個罪魁禍首，對著坐在辦公桌後的白髮老人認真提議：「校長，下次選門時，要選好一點的材質，不然這門『輕輕』碰一下，好快就壞掉了。」

說完，他故意朝地上已經捐軀的木門嘆口氣。

茲克校長翻翻白眼，用嫌惡的語氣回應：「是你人品不好，才會剛好在你來的時候毀在你手上，下次出門前要不要先去算一下今日運勢？以免連累別人。」

「我會參考這個建議。」暮朔笑著點頭，內心下了一個評語，老狐狸。

「那麼，既然你接受我的建議了，門就不讓你賠吧！」

校長一副大度的表情，卻隱隱皺眉的看著變得暴力許多的眼前人。

暮朔挑挑眉，聳肩笑了笑道：「區區一道門的錢，可以從校長該給我的賠償裡扣沒關係，我想它的材質再怎麼樣都沒有兩條人命貴。」

沒有閒工夫陪校長聊天，暮朔直撲主題。

「龍夜，你開玩笑吧？」校長一臉的疑惑，「我什麼時候欠了兩條人命？」

「結界裡有試驗用的木牌在飛。」暮朔乾脆的回答。

「我還沒讓你們賠那顆被毀掉的水祕石。」校長激動的拍桌跳起。

暮朔毫不在意茲克校長過激的反應，一本正經的挑眉。

「水祕石是什麼？我沒見到。」

「被你們毀掉的那個！」校長誇張的用手比來比去，想把水祕石的樣子比劃出來，一副他太傷心，傷心到已經不知道該怎麼用言語來形容那個東西。

「校長，我們是新入學院的院生，你確定我們知道水祕石是什麼？」

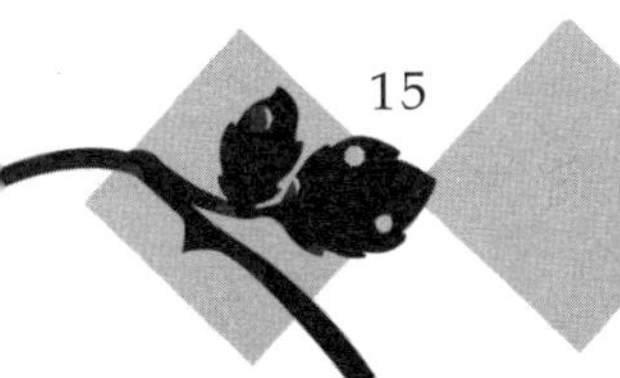

暮朔這句話在另類闡述，在結界裡放聲光效果驚人的儀式，不論儀式要產生的東西是好是壞、是珍貴是無價值，總之，當木牌在那裡飛，當時間是處於入學試驗中，不管毀掉什麼，不管遭遇什麼，有罪的都是學院那一邊。

「故意引誘新入學的院生去破結界，校長，要是『我』跟龍月運氣差一點、能力弱一點，你認為我們兩條人命真的不會交代在那裡？」

對於這個問題，以學院為重的校長，難得啞口無言的說不出話。

暮朔再好心的幫校長恢復一下記憶：「更別提我們還要被校長你言語擠對，被迫加入你的特殊班，這些債務算一算，沒來跟你拿點封口費，恐怕校長你也會睡不安穩，就怕哪天這些事被爆出去毀了學院名聲吧？」

「是有點。」校長一不小心說出真心話。

是的，光看龍緋煉的手段，要是一直沒人來「勒索」，他會不放心。

奇怪的是，來勒索的人，居然不是龍緋煉，而是最無能、最依賴別人的銀髮少年，說坦白的，在校長的印象中，這名為龍夜的少年是畏畏縮縮，又膽小怕事的，但現在，眼前的少年似乎有點不一樣？

他的個性好像一百八十度大轉換，態度與性格反差非常大。

這讓校長忍不住重新打量銀髮少年，懷疑眼前的他才是本來的面貌？

「如何，校長你要不要先開價？」暮朔好心的詢問。

茲克校長要是這麼容易就乖乖付錢，他的學院哪撐得到今天？一想到對方「勝利在手」的姿態，代表肯定會「獅子大開口」，他就得掙扎一下。

「雖然沒有提前告知院生禁地跟儀式的事情是學院的錯，但是結界你們誤闖進去就算了，還毀了儀式跟水祕石，那是你們的錯吧？害我這邊損失極大。既然雙方都有錯，怎麼還要跟我索取賠償？應該算打平！」

見校長打算將責任拋得一乾二淨，暮朔把問題回歸原點。

「校長，你話不能這麼說。儀式可以再做，水祕石可以再生成，但是人呢？人的生命無價，更是你賠不起的，所以不能說打平就打平。」

暮朔可不希望光是校長輕輕的幾句話，賠償問題就被帶過去。

「而且……」暮朔勾了勾嘴角，唇中溢出了陰冷的語句，「校長，我們會誤闖進結界去，責任不止在學院的未告知，真正的重點是，試驗用的木牌變化成的鳥在結界裡飛，講難聽點，那就是誘餌，用來引誘院生上勾，意圖謀害院生，你是需要我這麼替你宣傳嗎？」

沒錯，雖說學院資產不可破壞，固然誤闖禁地的龍夜和龍月有錯，但將問題拉回源頭，他們只是發現任務的物品，單純的把禁地當成普通的區域進入，卻不知道，他們踏入的區域被校長封鎖了。

當時院長並未完成告知義務，再加上，試驗用的鳥確實是在結界裡飛，那是如山的鐵證，因此所有的責任都變成學院的。

「木牌的問題……」校長很嚴肅的用力搖頭，「龍夜，你找錯人囉！關於木牌在結界裡飛的事情，你得去武鬥院和魔法院找拉莫非和艾米緹才對。」

「可是校長，兩院院長是你管的，他們如果抵死不認帳，我該怎麼辦，找你會比較好吧？更何況我要求的賠償不多，就水祕石而已。」

看茲克校長一直推推拖拖，暮朔很想說，要不是看在校長不是主謀，他絕對會索取更高額的賠償，而不是把目標就定在水祕石。

暮朔一想到自己拿製劍材料當封口費用，他的心在滴血呀！

同樣，校長也很頭痛，眼前這院生擺明就是要吃定自己嗎？兩位院長的過失，和他有什麼關係？

水祕石、水祕石，真的想要水祕石，當初那一顆幹嘛毀掉？手賤嗎？

會不會這院生從頭到尾，就是來玩他，而不是想向他索取水祕石？

「水祕石已經被毀掉了。」茲克校長認為自己被玩了，心情不太好的提醒對方，「你是健忘嗎？那顆製作中的水祕石，已經被你和那個叫龍月的院生毀了，我手上連半顆都沒有，要我怎麼給你當封口費？」

暮朔眨了眨眼睛，無辜地說：「校長，就算你沒有水祕石，也會有相關的資料吧？不然，你這水祕石是怎麼做出來的？」

校長聞言，用著懷疑的目光上上下下看了暮朔大半天後，笑了。

「很後悔吧？早知道就不應該毀掉水祕石吧？」

「你想多了，純粹看不上那個純度，想要自己做一顆更好的。」

暮朔打死也不會承認，他惡意報復龍月時進行的很開心，報復完的現在，發現修劍需要水祕石時，有私下「遺憾」了那麼一、兩次。

「看、看不上那個純度？」校長已經不知道該用什麼理由拒絕了，喃喃道：「那兩個

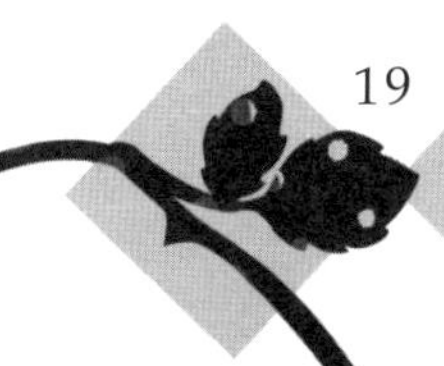

傢伙……這筆帳算在你們身上！」

「哈。」校長的低語，暮朔聽在耳裡，笑了笑。

「大不了下次幫你免費服務，幫你坑那兩位院長。」

看校長這樣也怪可憐的，暮朔決定大發慈悲，幫他一把。

而且，幫忙坑兩院的院長時，他也可以偷偷加碼，為自己謀福利，這樣不只水祕石，連他想要的高額賠償金都可以到手。

「好，到時候要你協助處理艾米緹他們時，不要推拖。」校長認命了，「資料有點龐大，我讓人整理好了，就送去給你，你應該不急著拿走？」

暮朔點點頭，表示自己可以等。

茲克校長發現受害者不會只有自己，就心滿意足了。

再說，龍夜四人現在也算是他特殊班的院生，如果事後自己還是很介意水祕石的資料被勒索，大不了以後有機會，就讓他們處理一些棘手任務，補貼一下資料外漏的損失。

茲克校長想到這裡，心情輕鬆不少。

只是校長他老人家想的太美好了，就算禁地的問題處理完了，他卻忘記一個最重要的根本問題，那就是——特殊班。

暮朔直到現在，還沒有正式跟茲克校長「溝通」這件事。

「太好了，第一件事解決了。」暮朔拍了拍手，「那麼，校長，我可以問你S班，也就是你的特殊班的問題嗎？」

茲克校長愣了一下，事情解決了，應該說再見，怎麼還有另一個問題？好吧，這問題也是遲早該回答的，「你問吧！」

「校長為什麼要我們加入S班？唔，這問題遲了兩天，應該不算太晚？」

暮朔不相信校長是因為他們比其他院生厲害，才要收他們進入特殊班，如果真的是這樣，那特殊班的人數不應該只有個位數，而是十位數！

「沒記錯的話，你們來這裡的目的，不就是避難？學院的班級等級高低與否，對你們來說，應該沒有關係。」

見茲克校長一臉「你們真奇怪」的表情，不知怎地，暮朔內心萌生出想要把眼前這個人痛毆一頓的想法。

「校長，這關係可大了。」暮朔輕輕踹著前方的桌子，露出一抹真誠的笑，「相信校

長你還沒得老年癡呆吧？樹大招風還記得怎麼寫嗎？如果你忘記了，我可以免費教你怎麼寫喔，我們吶，可入不了你這個班級！」

說到這裡，暮朔頓了頓，他發現一個詭異的問題。他雙手交疊，恍然大悟地說：「校長，來這裡避難的人多嗎？」

「不然呢？」校長用「你反應好慢」的不屑目光瞟他。

暮朔跟校長的言語交鋒，這算第一次略居下風，不過這是因為國情不同導致想法不同而製造出的弱勢，他就不當一回事的拋之腦後。

果然是因為來避難的人多了，使得校長很快就發現他們有問題。

事實上，暮朔的笨蛋弟弟龍夜被黑暗獵人攻擊的事，學院肯定知道，畢竟出手救援和處理事後狀況的都是學院護衛隊，再加上他們極度排斥特殊班的舉動，明眼人一看一定知道他們不是來學東西，而是來避難。

「學院每一屆的院生，總會有一、兩個像你們那樣的人，沒有心思上課，只想躲災。通常這類的院生不是進入最低階的班級，就是平平淡淡，不想太過顯眼，而這種讓學院白白受你們利用的情況，我不能接受。」

校長說到這裡，替自己哀怨了一下。

那些為躲災而來的院生，大部分都很有實力，卻一個個裝的比其他人還要弱，都不肯提高自己的班級位階，導致勞動力大量的被浪費。

偏偏因為他們躲災的事，學院還得多付出人手進行巡邏、救助事項，這樣下去，學院只虧損不營收，早晚有一天會被他們這群蝗蟲吃倒。

身為學院的管理者，茲克校長為了不被院生吃垮，壓力很大。

幸好這一次，龍夜四人因為分班測驗的關係，有兩人是故意拿高分，而另外兩人則是誤闖禁地，無奈之下，用全力脫離困境，不然他也不能借題發揮，讓他們全數進入特殊班。

終於到手的勞動力啊，茲克校長絕對不會輕易放過的。

「可是太招搖會死的很快呀！」暮朔沒良心的想要拒絕，直接把話說的透澈，「校長，你最好給我一個好理由，能躲人的地方不只楓林學院，要是你做得太超過，我們大可直接走人，不需要在這裡受你的氣。」

這不是恭維，而是暮朔的心裡話，他還真的不相信世界上只有楓林學院可以收容專程來避難的院生呢！

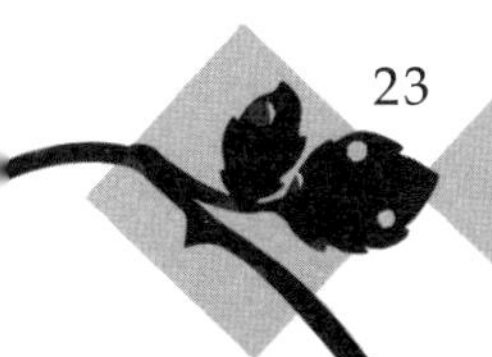

此話一出，茲克校長並沒有什麼特殊反應。

「像你這樣的院生我見多啦，那樣的威脅也聽膩了。你要不要先聽聽S班是怎樣的班級，再考慮要不要繼續留在學院？」

校長拋出的話，讓暮朔陷入短暫思考。

校長的反應與他預想的有些不同，先聽他說看看，再做決定。

暮朔左右張望，在角落發現一張椅子，他走過去將椅子拉來，坐下。

「好，我準備好了，你可以說了。」暮朔邊說，邊看看校長位置前方的空曠桌面，露出埋怨的神色，「沒水、沒餅乾，太可惜了，該怎麼打發時間？」

茲克校長頓時無語，難道這位少年是以為他會浪費很多時間嗎？居然還要飲料跟點心？這樣就算了，他是校長，為什麼院生聽他說話之前，還要先拉椅子坐下？未免太不客氣了！

「呵。」暮朔見茲克校長瞠圓著眼，嘴角揚起，「校長，你這樣盯著我看，我會害羞的，而且，我也不知道你會講多久，我坐著聽你說，你就不用一直對站著的我說話，你的脖子也就不會仰到發痠，多好。」

當然，校長也不是省油的燈，隨即他一個彈指，桌前出現一杯白色的陶瓷杯，裡面裝了八分滿的茶水。

「看在你這麼體貼我這個老人家，你應該不會介意我一邊喝茶、一邊說吧？」校長拿起茶杯，啜了一口，「啊，我沒準備你的耶，應該沒關係？」

「沒關係，我不渴。」暮朔搖了搖手。

事實上，就算校長有準備他的份，他也不會喝，天知道校長會不會在茶水裡加藥，讓他喝完後，直接把校長說的話全當成聖旨來聽。

「嗯，在告訴你之前，龍夜你可以回答我，你所知道的S班嗎？」

「不就是校長和院長一起授課的班級？」暮朔看了校長一眼，「人數稀少，進入的條件也不詳，是每位院生非常想去的班級。」

「嗯?就這樣？」校長聽完，納悶地問。

「嗯，就這樣。不然呢？」暮朔翻動記憶，確定只有這個答案。

「什麼呀？」校長很後悔當初造謠時的力度不夠，他沒想到，龍夜等人知道的特殊班是這個樣子，難怪他們興趣缺缺。

「不然你以為我們是為了什麼好玩理由才不想進去？」暮朔冷冷地說。

既然問到了不同意的原因，校長心平氣和的開始解釋何謂特殊班。

「你們這兩天應該有發現，和你們同期的院生已經開始進班上課，但你們這些被列入『特殊班』的院生，並沒有收到上課通知，對吧？」

校長的問句拋出，沒有聽到預想的回答。

他眼前的少年，一直不斷的猛打呵欠，頭一直往前點。

這麼快就睡著？校長被深深擊敗了，自己的話題真有這麼枯燥乏味嗎？

「唔？」暮朔發現校長不出聲，這才抬頭，「怎麼不繼續？」

「我在等你回話呀！」校長給了他一抹笑，手朝門口指了指，「龍夜，如果你累了，要不要先回宿舍休息？特殊班的事情可以改日討論。」

「不了。」暮朔又打了一個呵欠，「我只是不喜歡很長的開場白，你可以繼續說，等你說到重點，我就不會這樣了。」

「好吧，我不囉嗦了，你們這些孩子越來越不尊重老人。」

茲克校長翻了翻白眼，怎麼最近新加入的院生耐力特別差？與其讓對方趁著他說話之際，狠狠睡上一頓，還不如直接說重點。

「其實S班沒有所謂的校長與院長共同授課的特殊待遇。」

重點一出，暮朔的瞌睡蟲跑掉了一半，「校長，你的意思是，這個班級是設假的？」

面對特殊班可能是個空殼班級，暮朔好奇了起來。

「設假的？這麼說也沒錯。」茲克校長不否認，「你那名紅色頭髮的同伴，他叫龍緋煉？感覺上，他比學院內其他導師還厲害。像他這種人才，與其讓不夠格的導師授課，我還不如請他給我那些導師授課呢！」

暮朔想到龍緋煉只參加入學資格測驗而已，就馬上被兩位院長列入特優級的A班，由此得知，他的實力早就獲得了兩位院長的肯定。

「就算是這樣，你把我們全部綁到S班做什麼？有導師等級實力的人也只有一個，如果S班沒有課可以上，你乾脆把我們全部降級算了。這個班，學不到什麼東西，不入也好。」

面對進入S班等於什麼都學不到，暮朔開始動了離開這裡的腦筋。

他當初會進楓林學院，一半是為了避難，另一半是看在這裡是「學院」，進入後，或許可以學習到其他新的事物。

「年輕人急什麼，我話還沒說完！」校長搖頭嘆息，「S班有其他的福利，其中之一就是『利益交換』。」

利益交換？暮朔的精神來了，這句話讓他心動了。

「只要你們完成三項任務，之後隨便你們使用學院的資源，不論是行使導師級的待遇或權限，只要你想到的都可以使用，但申請程序必須是合法的、不會危害到學院的，從此你們將不會被學院院生的基本規範束縛。」

完成任務三項，就可以擁有導師級待遇或權限？

暮朔眼睛為之一亮，要是有導師級權限，他哪需要為了區區水祕石的相關資料就跑來勒索院長，也不用為了修復一把劍就得自己去弄材料，想必導師級待遇可以讓他使用一些較普遍的材料，讓他可以省下更多前期準備。

這樣的特殊班福利，讓暮朔覺得，加入S班是個不錯的選擇。

只是，茲克校長肯定不會浪費那三項任務，會好好的利用它們一把。

「校長，能夠行使權利的大前提，不會是要把規定的『三個任務』完成吧？如果要先完成才可以使用，那還是算了……」

暮朔不管怎麼想，校長的人品都不夠被信任。

要是三項任務一直做不完，他們不就是白做工？

校長也知道暮朔的顧忌，「任務未完成前，同意加入S班的你們，已經可以使用學院的資源，至於導師等級的權限，則是等任務完成後才開通。」

「我先問一下，你說的資源使用範圍有多廣？」

校長短暫思考了下，「比水祕石次一級的資源可以隨意使用，如何？」

「我知道了。」暮朔滿意的點頭，「班級的事就這麼定了。那麼，早先說好的水祕石資料，大概要多久你才能整理好？」

「這問題你去跟我的祕書討論吧！你們應該見過面了？以後有事，你可以先找他，他會決定是要通知我，還是他幫你們處理。」

暮朔點頭，起身後伸了個懶腰，才對校長擺了擺手，「合作愉快。」

做完誠心的祝願，他踏著輕鬆的腳步離開校長室，走出前，不忘朝壞掉的大門瞥了一眼，才來到校長室前的傳送之陣。他一踩到中央陣眼，傳送之陣就發出淺淺的金光，將他送回原來的雲華館大廳。

「祕書先生，你的服務會不會太周到了？你真的是祕書，而不是雲華館的接待服務生？」暮朔沒想到校長祕書會坐在大廳裡等他。

面對暮朔疑似會把人惹火的發言，闇夜面不改色的笑著回答：「我是祕書，所以，我的一舉一動都與校長有關。」

「你還兼當校長的私人助理？難怪校長要我來找你拿水祕石的資料。」

「嗯，水祕石的資料校長有跟我提。」闇夜很誠懇的看著他，「原有的資料因為上次試著製作水祕石的關係，把附近的材料用光了，使得資料不太完整，新的材料位置我要重新確認，所以，我明天再通知你？」

「嗯，確定好再跟我說吧！」

暮朔不急在這一時，明天拿資料也沒關係。

感謝般的笑了笑，闇夜又說：「另外，校長有交代，有關水祕石的資料，如果有不了解的地方可以再次詢問我，我會隨傳隨到。」

隨傳隨到？暮朔疑惑了下，這四個字不是很容易做到的。

而且從剛才到現在，闇夜一直在「校長說」，難不成校長有特殊的通訊方式，在他下來前，就可以先把事情交代給祕書？

「你是怎麼知道的？」暮朔問的乾脆。

闇夜沒有為難對方的打算，直接回答，「你也知道學院很大，找人不太方便，所以學院沒有禁止內部的通訊，有事情可以直接傳訊。」

說到這裡，闇夜往前探出手，在他的手掌中央，浮出一顆小小的白色光球。

暮朔看了一眼，沒有問接下來該怎麼做的將手拍了過去。

兩人掌心交擊瞬間，暮朔的腦海浮現兩道通訊訊號。

暮朔低頭看著自己的右掌，心念一動，想著那兩道訊號，頃刻間，手掌上浮出兩個指尖般大的小白光球，第一顆白光的波動與闇夜相連，另一顆則是連繫著位在雲華館某處的茲克校長。

闇夜指著暮朔手中的白球，「這是我和校長的通訊魔法聯絡訊號，你應該可以分出哪個是我的、哪個是校長的吧?有事情可以直接連絡。最後，你要記得把這兩個的訊號轉達給你的同伴，以免有事會連絡不到。」

暮朔點頭，將手上的兩顆小白光球收起，既然校長這麼大方的將他的聯絡方式告知他們，他也沒有推拖的必要，豪爽地收下。

闇夜見事情交代的差不多了，「那麼，明天見？」

「嗯，再見。」暮朔迅速的轉身走人。

反正明天還會遇到校長祕書，有問題可以明天再問，而且，他手中還有祕書的通訊訊號，有必要的話，他也能把祕書叫出來。

一見對方離開，闇夜便回到他的研究室。

聽著背後的腳步聲遠去，暮朔來到標有「出口」的走廊，嘴角向上勾起，盤算著明天該怎麼告訴弟弟與其他人，說明今晚的收穫。

目前他沒有打算跟龍月說起修劍的事，還是只告訴他們特殊班的情況好了。至於可以與校長連絡的魔法訊號，他考慮著要不要給。

暮朔向前踏了一步，腳底浮出黃光，回到雲華館入口處，此時的他還不知道，門外有人已經等他等到不耐煩了。

「談完了？」

暮朔一走出雲華館，就看到一名紅髮青年站在不遠處，對他發問。

「是呀，還額外知道了一些有趣的事情。」暮朔朝青年的方向走去，「緋煉你來這裡等我多久了？應該沒等很久吧？」

「多久？」龍緋煉抬頭看了看星空，「你進去多久，我就等了多久。」

「……」暮朔頓時無言，既然早就來了，為什麼不跟他一起進去？

「我想，那傢伙你有辦法處理，就不陪你了。」

龍緋煉一邊聽著暮朔的心聲，一邊回答。

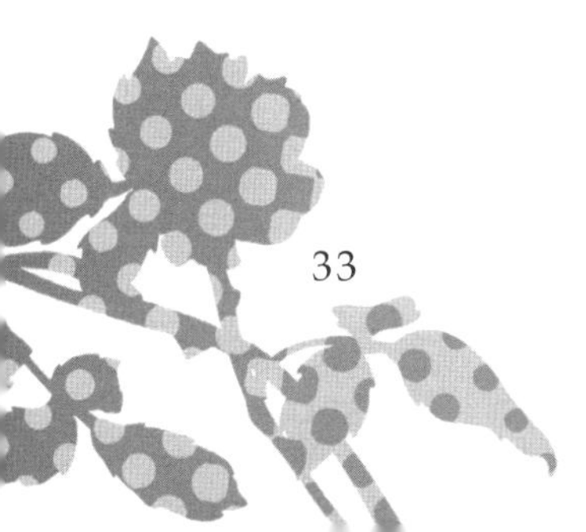

就算是有辦法處理，但只要他也跟著過去，就不用浪費這麼多的時間。

暮朔聽到後，內心忍不住抱怨。

畢竟跟一頭老狐狸你來我往的互相拆台，不是件輕鬆的工作。

「暮朔，你別因為我會讀心，就故意省去開口說話的步驟，這會讓我覺得自己像是神經病一樣，一個人自顧自的說話。」

啊！被發現了。暮朔有些尷尬的移開視線，眺望遠方。

因為很好玩，反正他不需要開口說話，就有人會自動回答。

「暮朔。」龍緋煉臉色一沉，低喝著。

暮朔聞言，無奈地翻了翻白眼，他再玩下去，眼前這人就要跟他翻臉了。

「呵啊——」莫名的睡意襲來，暮朔打了個呵欠，「算了、算了，不跟你玩了，還是先回去睡覺的好。緋煉，我們一起回宿舍。」

「暮朔，你去找校長是想要做什麼？」

雖說找校長是遲早的事，但是挑在半夜三更的，還在暮朔能掌控龍夜身體的時候，跑來雲華館找校長，讓龍緋煉有些不放心。

照道理來說，憑暮朔的個性，一定會挑人多的地方，為難校長給別人看才對。就算是遇到白天時間，他自己不能進行，也會硬逼龍夜幫他「傳話」。

「沒什麼，只是聊天。」暮朔輕鬆回答。

「你當我是你弟，特別好騙？」

「呃，說的也是，習慣、習慣了，你別太介意。」暮朔差一點忘記他是在與龍緋煉說話，笑著擺手。

「你跟蹤我多久？」於是，暮朔決定做垂死的掙扎。

龍緋煉頓時無言，嘆口氣道：「快說原因。」

「好麻煩，你不會自己讀喔！」暮朔抓了抓頭髮，怕麻煩地說。

龍緋煉瞪了暮朔一眼，「讀是讀過了，但還是要聽你說。」

暮朔開始考慮，現在說了，明天的解說工作能不能交給龍緋煉，這樣他就不需要讓理解力極差的龍夜傳話，害他多費時間精力的去解釋給其他人聽。

「說吧！你為什麼會做吃力不討好的事情，你不是不喜歡做免錢的工作？」對於暮朔內心的盤算，龍緋煉假裝沒有聽到，繼續追問。

既然龍緋煉要聽，暮朔就跟他說實話，「嘛，人總是要留後路的不是嗎？我那個笨弟弟的朋友只有一位，當然要替他好好把握住。」

龍緋煉瞟了他一眼，冷冷地說：「即使如此，他也不會感謝你。因為，他不會有機會知道，而你這麼做就一點也不值得。」

龍緋煉指的是暮朔的雙胞胎弟弟龍夜，也就是暮朔使用的身體原主人。

暮朔聳聳肩，無所謂地說：「小鬼不需要知道的，他只要知道有一個喜歡壓榨他、欺負他的變態哥哥就好，其他的……嗯，算了，就算跟他說，他也不會相信，小鬼的理解能力不是一般的差勁，這點我很無奈。」

一想到之前與龍夜說自己會消失的事情，那小鬼還露出不相信的樣子，害他懷疑是不是他做人太失敗，居然親弟弟都不相信他說的話。

想到這裡，暮朔沉思，自從他們來到這個水世界，他對龍夜的訓練有增無減，而且一度誇張到讓龍夜認定是他在故意惡整。

畢竟，在族裡時，他並沒有天天照三餐加下午茶、宵夜的把龍夜抓到心靈空間，狠狠地開扁加考試。

嗯，暮朔終於發現，他好像是太「誇張」了，最近還是收斂一點，以免龍夜被他欺壓到心理不平衡，開始把他的話當耳邊風，那就糟了。

「你太心急了，還是一步步循序漸進地慢慢來。」

龍緋煉贊同暮朔的內心反省，認為他先前的舉動確實是太激進。

「可是，我怕來不及。」暮朔困擾的用手梳著垂落眼前的長髮，「我沒有辦法正確估算自己消失的時間，只好過一天算一天，把握現在的每一分每一秒，盡力讓那個小鬼早日擺脫他的依賴性格，可以儘早自立。」

龍緋煉見暮朔好不容易提到他會消失的事情，不禁想問：「先撇開你那個天真到了極點的弟弟，來談談你。」

「需要嗎？」

暮朔傻住，如果自己的腦袋沒壞、記憶沒出錯，貌似一直以來，龍緋煉都沒有與他討論這些事情的打算。

龍緋煉忍不住溢出諷刺的話語，「……有時候我會懷疑，到底是誰把你教成這種消極等死的個性。」

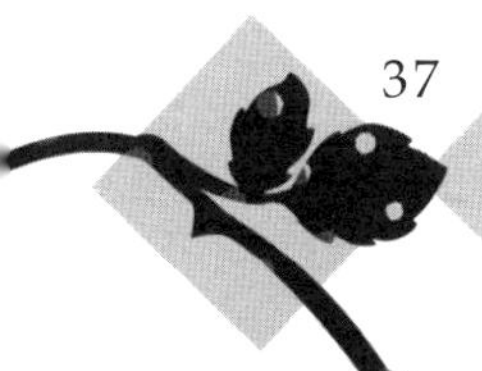

每一次見到暮朔對他自己的事情毫不在意，甚至是沒有放在心上，龍緋煉就想學暮朔教訓龍夜一樣，把他拖過來痛扁一頓。

暮朔這種情況，不是自我放棄，還能叫什麼？

龍緋煉已經忍了很久，今天實在是忍不下去。

暮朔翻了翻白眼，「我會變成這樣，有一半是你造成的。」

基本上，他給龍夜的訓練量，應該不及龍緋煉教導他……不對，是強行灌輸給他的知識的萬分之一吧？而且，他喜歡喊別人「這傢伙」、「那傢伙」的壞習慣，也是被龍緋煉「養成」的。

這該說，有什麼個性的人，就會教出怎樣的人？

「另外一半是『賢者』吧？我可不記得，我有教你凡事要首重利益。」

說到賢者，龍緋煉罕見的用上了語重心長的口氣，「你記得的，我答應過他，要好好的照看你，不讓你被其他人宰掉。」

一聽到那個約定，暮朔狠狠地瞪了龍緋煉一眼。

沒錯，他會和這個討厭的麻煩傢伙認識，是因為「賢者」。

要不是聖域賢者說他是「賢者繼任者」，當時年紀尚小，一沒有敵人、二沒有仇人的暮朔哪會出事，他的靈魂更不會進入弟弟的身體裡，也不會因為那個身分，落到了此時此刻要面臨自己靈魂即將消失的窘境。

憑良心說，他不恨賢者是騙人的。

畢竟，賢者是讓他與弟弟龍夜的人生變得如此詭異的始作俑者。

但一想到，賢者起先也沒料到事情會變得這麼糟糕，還因為那個導致他「死亡」的失誤，正到處找尋解救方法，他就沒辦法一味的討厭那個人。

只是，賢者外出尋找就算了，還找到整個人失蹤。

最後的辦法，就是讓暮朔這個已經快要死全的人離開聖域，想辦法找到失聯的賢者，以拯救自己。

暮朔忍不住替悲慘的自己嘆氣。

其實，他不認為自己會得救，最後的結果，可能就是消失？

為此，暮朔一直在替弟弟龍夜擔心，更是想盡辦法要替他打點人際關係，希望那個笨蛋可以多學學生存技巧，不要再傻傻的被人騙和到處惹麻煩。

至少死前得為龍夜做點什麼，好證明自己對他來說不僅僅是個負擔。

如果不是為了隱藏他的靈魂未死一事，身為族長的父親哪有可能放任龍夜十數年如一日的「廢柴」到底，還不是為了欺騙當初謀殺他的那些人，被視為賢者繼任者的暮朔的雙胞弟弟「龍夜」很平常，一點天才資質都沒有。

結果，騙是騙成功了，賢者卻一去不返。

導致現在，暮朔的人生算是快到終點，而龍夜的人生也被毀得差不多。

可以的話，暮朔真的希望他們兄弟裡，好歹要有一個能正常的活下去。

「放心，總有一天，你的努力會開花結果。」

龍緋煉其實沒把握找到賢者，或是糾正龍夜的壞習慣，只能這樣安慰。

暮朔白了龍緋煉一眼，那種「很難實現」的口吻是怎麼回事？他的弟弟龍夜有那麼不可靠嗎？居然如此的不被看好。

「別只把心力放在他身上，要多花一點心思注意你自己。」龍緋煉又說：「找賢者不是我一個人的工作，你也有份。」

「知道。」暮朔隨口回答，不想一直討論賢者的事情。

暮朔有想過，他們尋找賢者，難道就為了解除一體雙魂的狀況？天曉得自己的身體死到哪裡去了，這麼多年完全沒見過，要是雙魂狀態解除，僅有靈魂的他該如何生存？所以他一直認為自己當年就「死了」。

這一次，身為族長的父親為了要隱瞞「出來尋找賢者，解決暮朔靈魂即將消失」的問題，在表面上，父親以訓練龍夜，讓他可以順利獨立，從過度依賴中畢業為由，讓他離開聖域，外出歷練修行。

除此之外的真正內幕，說不定是要把那名不負責任，把工作統統扔出去，自己搞失蹤的賢者大人抓回聖域。

要逮住賢者，當然需要強力的人手支援，不然，龍夜的指導者也不會是一族之長，又兼賢者友人的龍緋煉。

龍緋煉聽暮朔心聲越聽越不對勁，暮朔是忘了他是既定的賢者繼任者嗎？

「暮朔，把你腦袋裡那團漿糊處理掉，把腦漿擺回來！你到底在胡思亂想什麼？我是真的想要救你，不然我不會答應龍夜，成為他的指導者。」

沒錯，他會答應成為龍夜的指導者，是因為暮朔，才不是什麼為了把賢者找回來，那個麻煩人物絕對沒有暮朔重要。

誰讓龍緋煉是負責教導暮朔的人，還從小看到他大，這樣多年相處的情份，是不可能輕易放開的。

所以，對於暮朔，龍緋煉是最瞭解的那一個。

他為此很擔心，對於尋找賢者，暮朔答應歸答應，卻不會付諸任何行動。

可能是暮朔對這一切都感到疲累了吧？尤其，當年他一被視為賢者繼任者，就被人追殺至死，靈魂僅能躲藏在雙胞弟弟龍夜的體內。

更為了不讓龍夜被他連累，導致龍夜身為堂堂的族長之子，居然被養成一個只會依賴別人，不管發生什麼事都不想靠自己努力奮鬥的絕世廢柴。

這就算了，以靈魂狀態寄居的暮朔，能感受到他自己「留下來」的時間在慢慢減少，他在害怕害了龍夜這麼多，會來不及彌補就忽然徹底死去。

所以，暮朔消極的處理有關賢者失蹤的事情。對他來說，現在更重要的是訓練龍夜。

如果暮朔肯早點將他自己的性命與賢者行蹤相關的訊息告知龍夜，讓龍夜知道此行來到水世界的真正任務，是要儘快找到賢者，說不定真能找到點賢者行蹤的線索。

偏偏，暮朔打算讓龍夜過著「好好學習、天天向上」的學院生活。

「不要無視大家的努力，好不容易才找到點有關賢者行蹤的消息。」

「嘛，就算我們很快趕到這個世界，也不確定那個人尚未離開。」

暮朔不認為賢者的行蹤會這麼容易找到，畢竟，聖域的居民為了他「失蹤」的問題，煩惱多年，還數度派人離開聖域尋找。

「別太悲觀。大不了我們邊找那傢伙，邊想辦法解決你的問題。或許到最後，我們不需要他出面，你的問題就可以解決。」

「或許。」暮朔模稜兩可的應了一聲，決定轉移話題：「特殊班的事情，你可以接受？」

「勉強。」龍緋煉身為族長，自然明白有付出勞力才能享受特權這種事，「為了讓你心情好點，解說工作就交給我。」

「好。」

暮朔開心的打個響指，他還是最喜歡和龍緋煉說話，不需要多想，對方就對自己的一舉一動瞭若指掌且積極配合。

「另外，水祕石的資料……」龍緋煉很清楚，暮朔並不想讓龍月知道水祕石的事情。

「我有祕書的通訊訊號，晚點會通知他把資料交給我時別多說。」暮朔今晚跟一隻老狐狸你來我往的鬥累了，差點忘了這事要小心處理。

「你沒忘記要保密就好，那麼，先把校長的聯絡訊號給我。」

「現在給你？」暮朔從來不知道龍緋煉是這麼心急的人。

「什麼心急？你不先給我，明天說明時，就會不太方便，難道你要我到時候再跟你要？還有，祕書的也給我，我有問題想問。」

問題？暮朔對於龍緋煉所說的問題，好奇了一下。

「沒什麼，只是想要把特殊班的事情問詳細。」

說完，龍緋煉抬起手催促。

暮朔看著龍緋煉的雙眼，那雙眼睛太平靜，完全不能從他的眼神中看出一絲端倪，只好將校長和祕書的聯絡訊號一起給他。

「那麼解說工作就交給你了，還有，你說明時，千萬不要提及我。」

面對好奇寶寶的弟弟龍夜，暮朔非常確定，一旦讓龍夜知道找校長談話的人是他，估計會被他連番的問句給煩死。

更說不定被龍夜一煩，他會不小心將修劍計畫給說出去。

那是暮朔最不想見到的狀況，不如直接把事情推給龍緋煉應付，他就不相信，面對龍緋煉，龍夜還有勇氣當問題兒童。

龍緋煉嘴角勾起，露出一抹笑。

已經把修劍視為一個必要的計畫嗎？雖然拿水祕石當製劍材料是可惜了點，這東西的用途很廣，單純用來增加劍的耐用性，太浪費了。不過那是暮朔的決定，他不想干預。

「暮朔，你有想過拿到資料後，要怎麼把材料找齊，好重新製造嗎？」

如果有些材料根本難以取得，那麼這些資料拿了也是白拿。

暮朔有想過這個問題，不過那要等到真的看過資料再說，「資料沒到手前，什麼都有可能也什麼都沒有可能，不是嗎？」

「嗯。」龍緋煉不否認的點頭。

「好了，其他問題明天再說，我好累，想睡覺。」暮朔是真累了。

「也是，時間晚了，我們回去。」

見暮朔猛打呵欠，龍緋煉知道事情不急，也就同意回宿舍。

隔日中午，楓林學院的餐廳到處充滿著擁擠的人潮。

所有在這個時段進入餐廳的院生們，路徑一致，越過了用餐區，直接往內側的販賣區衝去，原本近乎無人行走的餐廳路口，瞬間被黑鴉鴉的人群擠得水洩不通，不論是進或出皆變得十分困難。

與壅塞的販賣區相比，已經滿座的用餐區並沒有人潮繼續湧入，頂多是零散幾個院生在探頭探腦的看看有沒有新的空位出現。

只是，在這種用餐時刻，卻有一組人什麼餐都沒有點，直接霸占一個四人座餐桌，一臉嚴肅的輕聲交談。

這群人中，有那麼一個顯得特別漫不經心，和另外三人的專注表情相比，格外的隨意輕鬆，使得其他幾人的表情越發複雜，氣氛凝重。

這四人組，正是龍夜一行人。

他們佔用了用餐區的位置，聽龍緋煉說明有關於特殊班的事情，就算人潮突然湧來，周遭的位置飄來食物香味，他們也沒有離開。

只是，被食物香味包圍久了，饞蟲很難不被勾起。

龍夜第一個受不了的摀著肚子，毫無忍耐力的立刻投降。

「緋、緋煉大人，現在是用餐時間，我們要不要先吃飯？」

或許是發現自己的喊餓在破壞氣氛，龍夜說話時有點結巴，耳根也紅了。

龍緋煉抬眉，有趣的看他一眼，「小鬼你去吧，記得連我的一起。」

龍夜呆呆地指著自己，沒聽錯嗎？真的是叫他去做？緋煉大人不是一向不信任他，認為他是那種只會壞事且辦不好事情的人？

「是叫你去。」龍緋煉認真的點頭，代表他沒聽錯。

龍夜驚訝到差點說不出話，對於這份突來的信任，他並沒有一般人該有的那種「受寵若驚」心情，更不會有覺得自己得到認可，所以很開心的想法。

他僵硬的扭轉脖子，絕望的移動目光，清楚地看到正前方的販賣區人潮依然不減，一想到緋煉大人的要求，代表要他一個人擠進去購餐，就很擔心自己這一去會不會才走到一半，就被人群踩在腳下。

「我、我自己去？」龍夜冒著會「再調教」的可能，鼓起勇氣發問。

「不然呢？」龍緋煉皺了皺眉，「是你先喊想吃午餐的，不是嗎？」

瞬間，龍夜被話擊中要害。

說的對，想要買食物吃的人是他，他只能認命。

龍夜才剛站起，一旁持續默不作聲的疑雁，朝趴在他椅子旁邊的雪白毛色小狼看了一眼，就趁機要求，「夜師父，我和冰狼的，麻煩了。」

話完，他對龍夜做出鞠躬的動作，完全沒有要跟著去買的意思。

對此，龍夜習慣性的又出現想依賴人的症狀，「我一個人拿的了三人份嗎?至少來個人陪我，不然拿不回來啦，我就兩隻手。」

坐龍夜身邊的龍月，本來想無視他想找人幫忙的壞習慣，不過一想到那個餐點數量似乎確實多了點，加上自己也餓了……

「沒辦法，我跟你一起去吧！」龍月主動站起身。

龍夜立刻對龍月感激的一笑，還是他這個朋友最像人呀！緋煉大人和疑雁都不管他的死活，要他獨自面對那個恐怖人潮，實在太過份了。

有人幫忙真好，龍夜開心地和龍月一起前往販賣區。

「下次要記得阻止龍月。」龍緋煉望著那兩人的背影輕聲開口。

疑雁下意識想東張西望看看這位大人在和誰說話，卻發現這張桌上剩下兩個人，意思是——緋煉大人終於想把夜師父折磨至死了嗎？

「對我的決定，你有意見？」龍緋煉笑了。

「我知道了。」疑雁朝某人的背影看了一眼，默默為對方祈福後，點頭。

從此，龍夜的過度依賴症全面進入「強迫糾正」時期，請為他默哀。

過了一段時間，大約有足足半小時左右。

在中午人潮最多的時段購餐，果然花費的時間就會是往常的兩倍。

當龍夜跟龍月分別買完四人份加一隻寵物的餐點後，各自捧著裝滿了兩個托盤的食物回到用餐區，準備回去就座，他們卻發現原本的四人座，那兩個應該無人的空位上，已經多出了兩名不速之客，把位置給佔走了。此時在位置左邊，是一名是身穿黑色長袍的黑髮男子，另一名則是手中拿著一份牛皮紙袋，有著怪異黑白相間髮色的青年。

他們悠閒靜默地靠在椅背上，像等人似的，並沒有與龍緋煉和疑雁交談。

龍夜停下腳步，好奇地打量有著異樣髮色的青年，他是誰？

至於左邊的黑袍男子，他認識，男子名叫亞爾斯諾，表面上是楓林學院的院生，實際上是黑暗教會的人，也就是讓龍夜他們躲入楓林學院的元凶。

龍夜和龍月互望對方一眼後，決定先走過去看看狀況。

亞爾斯諾抬起頭來，「你們終於回來了，我等到快睡著。」

「沒辦法，點餐的人多。」龍夜將托盤放置在桌上，一邊把托盤上的食物往嘴裡塞，還不忘白了亞爾斯諾一眼，「你坐的是我的位置。」

「哎呀！抱歉。」亞爾斯諾咳了一聲，「我到旁邊站著可以嗎？」

話一說完，他離開原來的位置，挪到一邊站定。

沒辦法，在這個時間點，四周離得近些的位置早坐滿了。

龍月見狀，眉頭壓得低低的，神色顯得有些不悅。

雖然他與龍夜暫離去買午餐，但他們還在談重要的事情，亞爾斯諾和不知名的人就這樣插了進來，原來的話題也因為他們無法繼續下去。

面對龍月的皺眉行為，亞爾斯諾誤解成是不歡迎的動作。

「我知道你們不歡迎我，可是，你們會被光明教會追殺並不是我害的，就算我想主動說明，光明教會那邊還是會認為是推託之詞，不可採信。」

「欸，你……」龍夜喊住了亞爾斯諾，不斷對他使眼色。

「怎麼了？眼睛抽筋？」龍夜的怪異行為，讓亞爾斯諾忍不住笑出來。

「不是，你沒見到這裡多一個不認識的人嗎？」龍夜氣惱地指著依然坐在龍月「原」位置上的青年，怪罪亞爾斯諾說話不看地點。

「知情者，校長祕書，闇夜。」龍緋煉淡淡說出青年的名字，又對龍夜指責道：「大驚小怪，修練不夠。」

龍夜本來是好意卻還要被罵，立刻把嘴巴閉緊，誰知道那是校長祕書！

『剛才緋煉不是有形容祕書的樣貌？你沒聽進去？』

瞬間，龍夜的腦海裡響起兄長暮朔的聲音。

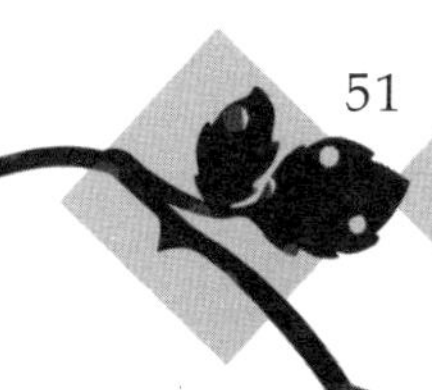

好吧，他前面的時間大部份在發呆，真的沒有把龍緋煉對校長祕書的外貌描述給聽進去，是他的錯，難怪那位祕書可以坐在這裡。

不過……

「暮朔你不是在睡覺？」龍夜壓低聲音，問著暮朔。

無奈的是，對於這種白癡問題，看心情說話的哥哥大人並不想回答。

沒有親眼所見，實在難以想像。

一個人的氣質、應對、思考，可以因為「裝模作樣」就完全變得像另一個人，這等超強的「演技」，難怪可以被麻煩校長視為麻煩院生。

闇夜有一度捨不得移開視線，他注視著的「龍夜」變化真多。

即使昨天晚上，龍緋煉主動與他交談時，就刻意提到今天的會面雙方要假裝成初次見面，以免引起學院裡某些勢力的探子的不正常關注。

沒想到今日前來，龍夜的假裝不認識，可以做到如此完美。

真不愧是能跟麻煩校長鬥嘴鬥得你來我往、不露敗象的麻煩院生，只是他演戲演的越完美，是不是代表他身上惹來的麻煩也就越大？

祕書暫時把這個疑問，劃入「必須嚴密追查後續」這一塊。

就在闇夜沉默思考時，亞爾斯諾正指著他，「你們在旅社收到的報名表，是我跟闇夜拿的，我還以為你們都知道這件事。」

亞爾斯諾一本正經的說完，不忘注意所有人的表情。

龍夜是當場愣住，他是一開始就沒想過這種可能性的那一個。

龍月半垂著眼簾，露出像是思考的神情，對他微微點頭。

疑雁的面部表情沒有任何起伏，只是靜靜拿著餐點餵給寵物吃。

對此，亞爾斯諾心情有點複雜，這些人的反應完全不如預期呀！大概只有龍夜的呆愣神情可以讓他的心情好一點。

亞爾斯諾暗自苦笑時，不小心與龍緋煉的眼神對上，那位僅僅是勾起嘴角，露出一抹笑容的紅髮青年，明明沒有絲毫惡意，卻使人覺得自己要被看穿心裡最深處、最隱祕的思緒，使人心頭一驚的趕緊別過眼，不敢再看。

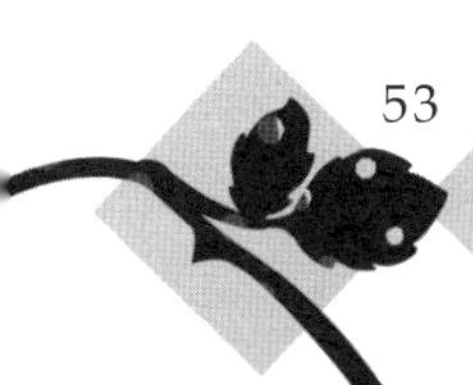

「報名表的事，不是應該早知道了？」闇夜的目光悄悄移向某兩人。

當然，因為不清楚龍夜跟暮朔的事，闇夜的猜測只對了三分之二。

他猜對了龍緋煉跟借用龍夜身體的暮朔會知道，卻不曉得龍夜不知情。

於是再一次的，闇夜深深感慨著「龍夜」此人的演戲能力強悍無雙。

「嗯，查一下就知道了。」龍緋煉淡淡地說：「偌大的楓林學院，能有那份資格給出報名表的，僅有少數幾位，不是嗎？」

校長祕書，當然就是那少數人中的一個。

龍夜和龍月看了看明顯不夠的座位，和不打算離座的闇夜，龍月只好主動把位置讓出去後，改站到能好好打量亞爾斯諾和闇夜的地方。

——校長祕書和黑暗教會是同路人，感覺挺怪的。

楓林學院不是中立的？跟黑暗教會的人靠得這麼近，不怕被人說閒話？

闇夜注意到龍月懷疑的眼神，表情古怪的猜測，「他們都還不知道？」

面對闇夜的責備眼神，龍緋煉一點也不放在心上，「我記得有人昨晚提醒過，資料留下，人離開，我剛也再說了一遍。」

他們兩人一起過來時，龍緋煉就提醒過了。

只是，闇夜聽了是聽了，卻還是堅持要等「龍夜」在場時，才給他資料，以免那個麻煩院生又以此做為興風作浪、惹事生非的藉口。

所以，被龍月懷疑是黑暗教會的同路人，闇夜只能自認倒楣。

闇夜無法跟人算帳的轉過頭，看向亞爾斯諾，「你不介意讓我先處理吧？等一下我還有其他事要忙，你們的事晚點談，我這邊比較趕。」

亞爾斯諾看了看闇夜，「好，我的事不急，你需要我先迴避？」

「那就麻煩你了。」闇夜對亞爾斯諾投以感激的眼神。

龍緋煉有趣的期待著，在人來人往的餐廳談「重要事情」，這校長祕書的腦袋挺好玩的，不是仗著有特殊手段跟溝通方法，肯定是別有用意。

闇夜假裝沒瞧見龍緋煉那興味的神情，等到亞爾斯諾離得稍遠，他才把用牛皮紙袋裝好的文件遞給了龍緋煉。

「這是你們要的資料。」

龍緋煉接過文件，不客氣的直接問：「校長要你傳什麼話給我們？」

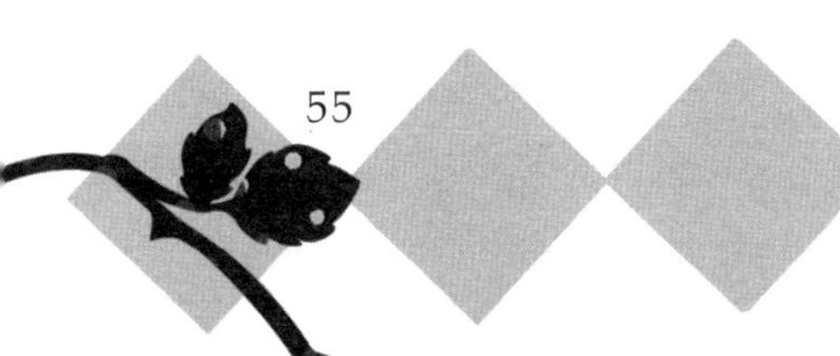

闇夜的手尚未收回，整個人當場愣住，僵在原地。

不知為何，他的心中萌生出想要離開，改用通訊魔法交談的衝動。

隱隱約約的，他似乎感覺到，眼前這名與他對話的紅髮青年完全看透了自己內心的想法，就連他即將要說出的話語，也十分清楚。

龍緋煉嘴角微勾，眼簾半垂著，對這「震懾效果」十分滿意。

「唔、嗯，對，你說的沒錯。」闇夜發現自己失態了，輕咳一聲，「在我給你的資料中，有一份是關於『精靈遺跡』。遺跡內有個物品，校長希望你們可以幫他拿一下。」

「第一件任務？」一直聆聽其他人交談的疑雁，開口問道。

闇夜不否認，「沒錯，是第一件任務。」

「好，我們接。」龍緋煉沒有反對，直接答應，更伸手接過整份資料，輕輕撥動幾下確定資料是言之有物後，點頭。

「我們確實收到了，另外，不用額外簽訂合約？這樣口頭答應就行？」

闇夜點頭，同時，內心的大石也放下了。

如果龍夜等人不願意接這任務，那他就要物色新對象接手。

至於龍緋煉，想的十分簡單，由闇夜所給的資料顯示，精靈遺跡是必須要去的地方之一。如果去遺跡時，順手替茲克校長拿取所需的物品，就可以完成第一項任務，這交易對他來說，挺划算的。

「那麼，任務完成後，請你們把任務物品交給茲克校長。」闇夜來此的目的完成，推開椅子後，便頭也不回地快速離開。

「好像逃跑？」

龍夜看闇夜走的比飛的還要快，忍不住替他抹了把心酸淚。這只能說緋煉大人太恐怖了，就算是校長祕書，也不敢在這裡多待一分鐘。

等到闇夜走了之後，再來，就是亞爾斯諾的事。

亞爾斯諾不知道闇夜為什麼急著離開，他回餐桌旁邊，看了看附近之後，對龍夜等人說：「呃，我們可以去安靜一點的地方嗎？」

「要談私事？」龍緋煉抬手，朝桌子點了一下，「放心，不會有人聽到。」

亞爾斯諾懷疑地朝附近多瞥幾眼。餐廳是人多嘴雜的地方，在這裡談私人的話題，只怕他們的對話都會被路過和附近餐桌的人聽到。

「坐下，不會有人聽到。」龍緋煉不快的皺眉。

龍夜看龍緋煉露出一臉再不照他的意思做，就要直接走人的模樣，連忙對亞爾斯諾保證道：「一定不會被聽到的，請你快點坐下。」

亞爾斯諾心中雖是有些顧忌，還是拉開椅子，坐了下來。

龍夜見他不太放心，好心的解釋給他聽，「緋煉大人有一種特殊的魔法，可以不把這一桌的聲音傳遞出去，你就儘管放心的說。」

縱使有龍夜保證，但四周人群還是會在附近走動，亞爾斯諾心中難免有些疙瘩存在，便決定先說點別的小事來試驗一下。

「你們最近過得怎樣？聽說你們全數進入了校長的特殊班，我原先還不相信，看到闇夜找你們，我就信了。」

「還好，不會太糟。」龍夜回答。

他們都已經進入特殊班了，要糟也不會糟到哪裡去。

『小鬼，趁那傢伙在，你問他一件事。』

龍夜想問亞爾斯諾怎麼現在才來，暮朔的嗓音突然在他的腦中響起。

「暮朔我現在不方便。」龍夜聞言，像碎碎唸般小聲嘀咕著。

『沒什麼方便不方便的，你不需要回我的話，只需要聽。』暮朔強勢的要求著，『你去問那傢伙，《敘事之詩》裡寫的是真的，還是假的。』

敘事之詩，那是宿舍管理員給龍夜看的，類似古代神話或童話書的書籍。

在龍夜研究這本書時，同樣的，暮朔也用龍夜的眼睛，一起讀過。

這本書正如利拉耶當時所說，是進階版的讀物，可以增加不少基本知識。

因為，這本書把這世界的「過去」描寫的很清楚。

可能是進入水世界後，被光明教會追殺的關係，龍夜對光明教會與黑暗教會印象特別深刻，便先入為主的以為水世界居民的主流信仰是光明與黑暗。

至於魔法方面，如果沒有看這本書，龍夜和暮朔還真不知道原來魔法師也有屬於自己的信仰——元素之神。

只是或許這本書重點在於神的事蹟，武鬥士的篇幅少到暮朔都不曉得該要龍夜去研究什麼書籍，才可以完善了解。

從書中判斷，這個世界——水之世界是個信仰的世界。

暮朔想不透，武鬥士的信仰來源是什麼，因為這本書沒有點出武鬥士的中心信仰，就算他把這本書翻上數遍，依然找不到武鬥士崛起的原因，只知道武鬥士所學習的「鬥氣」是由一群不信仰三神的人，無意中發現的。

而武鬥士在久遠的過去中，曾經消失過，到了近百年才再次突然竄起，變成了可以與教會、魔法師分庭抗禮的存在。

暮朔稍微統計過，挪亞的人族的中心信仰較多元，主要是光明教會、黑暗教會以及元素魔法，其他種族則幾乎單一偏向元素信仰。

另外，書籍中還有記載一段，關於光明教會崛起、黑暗教會沒落、元素信仰消亡，最後光明教會變成最大宗中心信仰的紀錄。

但讓暮朔好奇的部份在於，已經被歸類為「消失」的元素信仰，沒有供奉的神殿和信奉者，為什麼魔法依然可以使用？

因為，他發現魔法師沒有特別供奉元素之神，而且，消亡的意思是不存在，一個已經沒落的元素信仰，照道理來說，應該變成了歷史塵埃，成為每個人記憶中的傳說故事，但是，魔法至今沒有消失，還是被人們廣泛使用。那就代表，元素信仰的存在是用另外一種形式依存下去，讓使用魔法的人可以繼續使用？

亞爾斯諾屬於黑暗教會，元素信仰這部分，問他，還可能收到「不知道」的回答。但有關於光明和黑暗教會，亞爾斯諾如果回不知道，他應該早就被他的教會給踢出去了。

畢竟，黑暗是他的主要信仰，光明是獵捕他們的敵方信仰。

俗話說得好，知己知彼，百戰百勝。

暮朔就不相信，敵方的事情，亞爾斯諾會不清楚。

所以，他才要龍夜去問亞爾斯諾，把有關於光明與黑暗教會的事情從亞爾斯諾的嘴巴裡套出來。

龍夜一直被暮朔催促，也只好順著暮朔的意思詢問。

只是問題一拋出去，換亞爾斯諾愣住了。

「你突然問我這個，我也不知道要怎麼回答你。」

亞爾斯諾半垂著頭，發出思考的聲音，陷入沉默。

龍夜見狀，忍不住嘀咕道：「暮朔，你把人給問倒了。」

『放心，等等他一定會回答，回答前，他還會問你問題。』暮朔悠閒地說。

果然，下一秒，亞爾斯諾抬起頭，大大地呼了口氣。

「好吧，對你們來說，光明與黑暗教會是什麼？」

「不就是信仰？」龍夜回答。

「你們呢？」亞爾斯諾見問題只有一個人答，反問其他的人。

「突然冒出的麻煩。」

「沒好感。」

龍月和疑雁先後說出評論。

龍緋煉只是笑而不語，亞爾斯諾不敢追問。

「不過，我想請你解釋一下。畢竟，當事人是你，我們是不小心被捲入的旁觀者，會想知道光明與黑暗教會之間的紛爭，應該不過份？」

龍月的補充，讓龍夜非常想要拍手叫好，在亞爾斯諾問他問題時，暮朔就說了與龍月類似的語句。

「好吧，我解釋。」亞爾斯諾無奈攤手，看來，這些人不拿到他們想要的答案是不會放過他的，「那本書最開頭的一頁，有提及神明創造了世界吧？」

可能是明白其他人不會有反應，由龍夜代表點頭。

除去有關於信仰的部分，《敘事之詩》還有提到，三神創造世界的神話。

光明之神、黑暗之神以及元素之神，把原本荒蕪一片的水之世界，變成了可以讓人居住的所在。他們創造了人族，給予世界白晝和夜晚，以及可以讓世界平穩發展的力量。

之後，元素之神為了讓世界的元素穩定，又額外創造了另外五個種族，而光明與黑暗之神也造出自己的眷屬，各自劃分了各種族的生存領域，讓他們在自己的領域慢慢的擴展。

目前龍夜他們所在的區域，是人族的領域。

較為幸運的是，他們目前居住的地點是楓林學院。在屬於教學體制的學院內，可以比較容易看到其他五族的人在學院裡走動。

於是不止在書上獲得了另外五族的描述，還可以「實體觀測」。

僥倖逃過解說種族這個麻煩任務的亞爾斯諾，卡在了下一個問題上。

「唔，要怎麼解釋呢？」亞爾斯諾想說明時，隨即想到這些人是「邊境居民」，對神

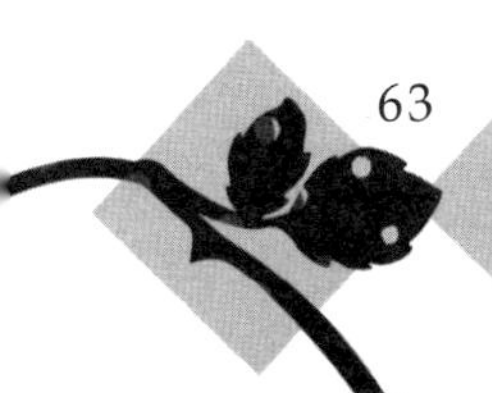

明信仰的知識幾乎是零，便開始煩惱了。

「直接說重點，不需要解釋。」龍緋煉淡淡地補充，「他們的理解力很強，不需要替他們擔心。」

聞言，龍夜倒抽口氣，理解力很強？他的理解力沒有這麼強呀！

龍夜開始祈禱，希望他不會聽到一半，腦袋就跟他罷工。

有了龍緋煉的保證，亞爾斯諾捨棄其他亂七八糟的想法，直接切入主題。

「創造世界的三位神明全都不見了。」

亞爾斯諾這句話，無疑是個震撼彈，讓龍夜驚愕到差點說不出話來。

「神明不見，那你們的力量從哪來？」龍月懷疑道，同時還朝龍緋煉和疑雁看了一眼。

不知道是不是他的錯覺，這兩人似乎是打定主意聽故事，對故事的不合理處，沒打算發問？

龍緋煉就算了，這個人應該是知道了，卻不想說，要讓他們自己去查。

至於疑雁，雖然當了好幾天的室友，龍月還是不了解這名不喜歡說話的狼族少年。明明大家坐在同一艘船上，必須一起同心協力排除眼前的困難，疑雁偏偏什麼都不想管的態度，讓龍月心中頗有微詞。

「拿黑暗教會當例子，在黑暗之神還存在的時候，祂在教會留下了部分的力量結晶，稱其為『聖物』。信奉黑暗之神的我們，經由聖物，享受神明所賜予的力量。同時，聖物可以凝聚信奉者的力量，將力量反饋給黑暗之神。但黑暗之神消失後，代表神明再也無法給予我們力量，我們為此煩惱著。」

亞爾斯諾鬆了口氣，「還好，黑暗之神的力量是經由聖物給予信奉者，所以，我們只要讓聖物繼續運轉下去，讓它可以繼續穩定的供給信奉者力量，讓他們以為神明依然存在，就不會有信仰斷絕的問題。」

此時的龍夜，聽到腦袋都快要停止運轉了，如果聖物是神明的力量結晶，那麼神明消失時，聖物應該會跟著不見，為什麼它可以「繼續」使用？他想不透。

『小鬼，你問他，聖物是用什麼繼續運轉。』

還好，暮朔的思路比他清晰，不至於有聽沒有懂。

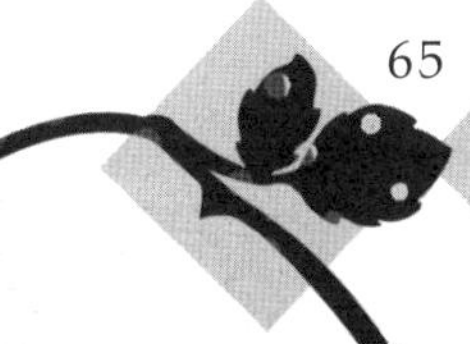

龍夜馬上將暮朔的疑問說給亞爾斯諾，亞爾斯諾聽到後，抬起手，將手置在唇邊，故作神祕地做出噤聲的動作。

「噓，這是教會的機密，只有內部的人知道，我無可奉告。」

龍緋煉眉角微抬，紅色雙眸緊盯著亞爾斯諾。

他很了解，這名來自黑暗教會的男子知道原因，只是他不想說。

「光明教會也跟你們一樣，用聖物來維持信仰的力量？」龍月問。

亞爾斯諾點頭，不否認龍月所說的話。

「那個聖物，真的只是單純的力量結晶？」龍緋煉見沒有人問這個問題，就替他們發問，「既然光明與黑暗教會都遭遇相同的狀況，為什麼不共體時艱，一起度過危機呢？我想，聖物應該是你們被追殺的主要原因吧！」

亞爾斯諾苦笑，看來，任何事都瞞不過這個人。

「沒錯，聖物的存在，就是黑暗教會跟光明教會彼此追殺對方的原因。」

自從龍夜救了亞爾斯諾，遭遇追殺後，一直想問的問題終於有了解答。

只差一步就要把全部真相曝露出來的亞爾斯諾，到此閉上了嘴。

不能再往下細說，但是也已經不妨礙知情者去往下推論。

不可以說的事先拋一邊，亞爾斯諾接下來解釋的，是近年來光明教會跟黑暗教會的發展情況，比如——

這些年來，光明教會的獨大傾向很明顯，當神明消失，信仰的力量來源也沒有了，他們只剩下信奉者。所謂的繼續運轉、穩定供給，也只是將信奉者原先反饋給神明的力量，重新導回他們的身上。

所以，要有強大的力量支援，必須要擴張自己的勢力。剛好，以光明教會來說，他們的「形象」本身十分適合傳教，反倒是黑暗教會，因為「黑暗」容易被想到毀滅的關係，他們不好擴張自己的勢力，自然就被光明教會壓著打。

對此，黑暗教會為了不被滅絕，只好隱匿起來，偷偷吸收信奉者。

畢竟，光明教會的宣傳手法之一，是要消滅黑暗教會這個邪惡的存在。

也因為這個過激的宣傳，導致黑暗教會變成人人喊打的過街老鼠，還讓一些不清楚狀況的人自動被劃入黑暗教會的行列。

「自動被劃入？」龍夜聽到這裡，覺得這情況好熟。

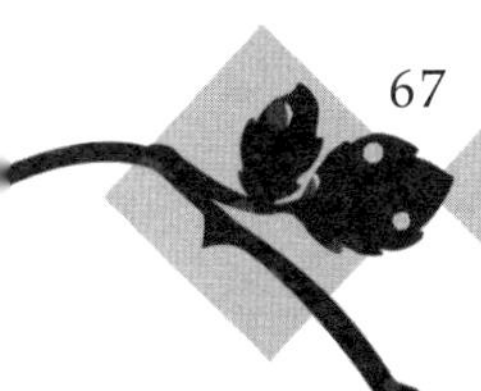

「跟你救了他之後就被追殺一樣。」龍月好心的提醒。

「是啊，我只是不小心救了亞爾斯諾，當時也跟教會的人解釋過了，為什麼還是他們非要我死不可？」

龍夜不明白這種事的前因後果，其他幾人卻一臉的若有所思。

「告訴我、告訴我。」龍夜不想做唯一不知道的那個。

「理由很簡單，是遷怒，如果你要殺一名特定的對象，你找到了他，只差一點點就可以殺掉他，這時，突然多了一名外人，把人救走，你會不會生氣？」

亞爾斯諾無力的舉例說明中，還非常好心的讓它聽來淺顯易懂。

「呃，會。」龍夜想了想，點頭。

煮熟的鴨子就這樣飛了，任誰都會氣到想要把攪局的人給碎屍萬段。

而他們，就是攪局的人。

難怪光明教會會一直派出殺手，要置他們於死地。

「這樣，你們可以理解？」亞爾斯諾問。

「嗯，可以。」龍夜趴倒在桌上，悶聲地說。

今日的討論證明了一個鐵證，就是人不可以亂救。既然這世上沒有後悔藥可以吃，面對事實的苦果，他也只能硬吞。

虧他還以為光明教會吃了幾次虧後，時間久了，應該會放棄。

依照現況，光明教會只會越挫越勇，不會有放棄的一天。

這次聽完了亞爾斯諾的說明，讓龍夜深刻了解，這種逃難的日子，不會有終結的一天。除非是光明教會倒掉，或者是他們離開水世界才會結束。

亞爾斯諾見所有人各自陷入自己的思緒，再留在這裡也挺怪的，就對他們說：「你們還有問題要問嗎？沒有的話，我得去忙自己的事了。」

「嗯，你可以走了。」龍緋煉擺擺手。

只是這種說話的口吻和讓人離開的動作，讓亞爾斯諾有些不適，感覺他好像是被龍緋煉叫來解說的下屬。

他忍不住嘆了口長氣，無奈地耙抓頭髮，推開椅子，走出學院餐廳。

亞爾斯諾離開後，龍緋煉紅眸輕轉，朝龍夜瞥了一眼。

「暮朔，有什麼話想要跟其他人說？」

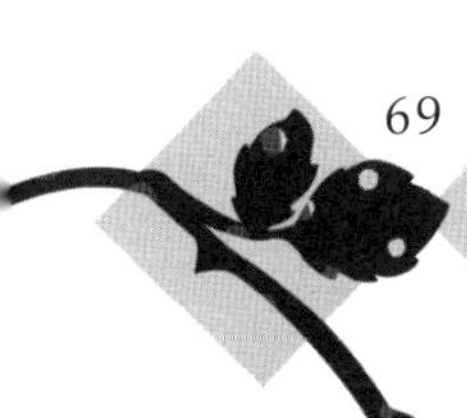

龍夜愣了愣，有點不想要幫暮朔傳話。

龍緋煉賞了他一記眼刀，害龍夜嘟著嘴，被迫當暮朔的發言人。

「暮朔說：『鬼扯，理由沒這麼簡單。』」

「暮朔這句話，是針對亞爾斯諾的？」龍月也這麼認為。

「嗯。」龍緋煉平淡解釋，「那個人沒有把重點說出來。聖物還有追殺的事情，他都避重就輕的不想細說。」

「嗯，他沒有說『聖物』是怎樣的物品。」龍月沉思道：「而且，談到追殺，他只回答『我們』被追殺的原因，卻沒有說『他』為什麼被追殺。如果是無條件、無謂的殺戮，我們有必要被光明教會通緝嗎？這麼做也太小題大作了。」

「所以，亞爾斯諾有問題？」龍夜瞠大眼睛，懷疑的問。

「『是絕對有問題。』」

這是龍緋煉、龍月還有暮朔的共同回答。

就因為亞爾斯諾這個人有問題，所以才會有這麼多的衍生麻煩。

「所以，聖物到底是什麼呢？」龍緋煉勾起了唇，難得的好奇。

雖然他透過發問，從亞爾斯諾心中讀出聖物是什麼類型的物品，但聖物的真正功用他卻無法從亞爾斯諾的心中讀出來。

他十分好奇，好奇亞爾斯諾所不知道的部分。

聖物，光明和黑暗教會都有的物品，看來，光明教會那部分，他必須要找個時間好好調查一番。

但現在，龍緋煉得暫且把教會之事放到一邊，目前當務之急，還是要先處理校長祕書給的水祕石資料與遺跡任務。

chapter 03 聖物與黑暗教會

首都銀凱東區商店區的邊遠地帶，有一個不起眼的廢棄儲物倉庫，裡面堆疊的物品多到就連窗戶也被那些大大小小的箱子擋住。

在陽光無法透到倉庫內狀況下，漆黑的廢棄倉庫顯得陰森恐怖。

「啪！」

倉庫內，傳來了清脆的響聲，跟著出現了一顆白色的小光球，光球浮出時，將附近的黑暗驅離，將部分的倉庫真實給映照出來。

就在倉庫最中央的地方，有數十個木箱像是被人刻意堆疊成塔的形狀，有一名看不清容貌，身穿黑色長袍的人坐在箱子的最高處，不發一語地緊盯著窗口，像是靜靜地享受著片刻的安寧，而小光球穩穩地浮在他的手中。

等待了一陣不算短的時間，那人呼了口長氣，發出略低、略輕的聲音，像是與空氣說話，喃喃自語著：「現在，還有誰在學院？」

話語一出，看似無人的倉庫裡，突然出現數道身影。

一轉眼間，在小光源所能照射到的邊緣，分別出現十名身穿黑袍的人，各自保持一定的距離，圍繞在男子所在的箱塔周圍。

十名黑袍人動也不動，也沒有人出聲回答。

「沒有人了嗎？」箱塔上的人點點頭，再沒有開口。

接著，寂靜席捲了整個倉庫。

男子不再說話，而突然現身的十名黑袍人依然站在原地，沒有離開。

按規定大約等待了半小時，確定前一個問題告一段落，其中一名黑袍人動了。他緩緩往箱塔走去，來到距離箱塔有五步遠的距離時，將帽沿推開。

那是一個有著淺藍短髮的青年，臉部被一塊黑色的布遮住下半邊，墨綠色的眼眸中不帶一絲感情，顯得冰冷漠然。

藍髮青年向箱塔上的人恭敬地鞠躬，「瑟依首領。」

青年的一舉一動，都帶著一種特殊的渴求，像是在告訴對方，他自願處理男子即將說出的「任務」，只要他願意交付。

男子緩緩站起，將目光移到青年的身上，嘴角漾起莫名的笑，「前幾天抱怨沒任務很無聊的人是你吧？剛好，這個任務給你了。」

「怎樣的任務？」青年迫切的追問。

瑟依首領揚手拋出一份文件，文件飄了下去，正巧落在藍髮青年手中。

「這是？」青年低頭，看著文件上所記載的「任務」。

「光明教會的暗殺任務。」瑟依首領輕輕地笑了。

他們是暗殺組織，他笑，是笑委託他們執行任務的人是光明教會。

藍髮青年雙眉揪起，對這個任務感到不解。光明教會有自己的暗殺組織，他們若想要殺誰，派出黑暗獵人就好，為什麼會想要委託他們這個小小的暗殺組織？

藍髮青年不發一語地將手中文件看完，卻看不出端倪。

簡單的對象描述，輕描淡寫的像是獵殺目標極其普通，怎麼會值得讓光明教放棄使用

黑暗獵人，而是動了要請暗殺者處理的念頭？

就算目標躲藏在學院裡，可暗黑獵人在學院裡的數目又不少。

「總之，你想辦法混進學院，去查探對方虛實。」瑟依首領說著，又甩手丟出一份文件，「還有，這是情報任務，是光明教會『最』上層委託，聽說他們內部情報最近一直流失，需要查看看是誰在洩露，只要一確定目標，格殺勿論。完成後，用『獵人』管道通知他們，並收取委託金。」

「……」青年將手上的兩份文件不斷交錯著看，最後吐出心裡最想說的話，「首領，我們是暗殺者，不是情報組織。」

首領聞言，淺笑道：「這兩份任務目前最緊急的是情報任務，你可以先處理那件，至於暗殺的那份文件。你可以選擇不予理會。」

瑟伊首領說完，手掌一捏，將掌上的光源捏碎。光源碎裂瞬間，倉庫傳出數道遠離的腳步聲，然後，倉庫再度回到漆黑的寂靜之中。

下午，恰巧是人們進入商店區逛街或採買其他物品最熱鬧的時刻。

離開學院餐廳的亞爾斯諾，走出楓林學院，來到東區的商店區內。

他悠閒地到處張望，看看附近有沒有什麼可以買的東西，有時還會在其中一個店面停下腳步，看著那裡販賣的新奇商品。

亞爾斯諾逛著逛著，目光停在一家位在路口的露天咖啡廳。他筆直地朝咖啡廳走去，推開褐色木門，耳畔傳出掛在門上的風鈴叮鈴響聲。

進入後，亞爾斯諾走到櫃台點了一杯咖啡，接著走出咖啡廳，在外面挑選了一個不起眼的小角落，坐在那裡注視街道上的人群。

「喀啦！」突來的響聲讓他的回過神。

見是服務生將咖啡端上桌，亞爾斯諾對他微微一笑，表示善意。

服務生離開後，亞爾斯諾拿起咖啡杯，身子向後一仰，背部靠在木藤椅背上，微垂著頭，聞著手中咖啡飄出的香味。

過沒多久，他身旁的座椅被人拉動，亞爾斯諾抬眼望去，見到一名綁著馬尾的黑髮男子直接坐在他旁邊的空位上。

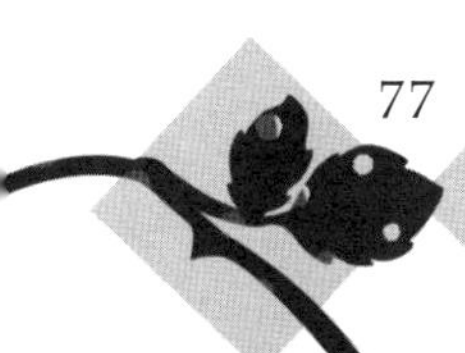

男子注意到亞爾斯諾的視線，笑了笑，「不介意我坐在這裡吧？」

亞爾斯諾白了男子一眼，人都坐下來了，還需要問？

「唔唔，沒有吃的。」男子朝桌面看了一眼，目光移到亞爾斯諾手中的咖啡，像是久未喝水，饑渴難耐的指著咖啡，「這杯你還沒喝吧？」

亞爾斯諾眉頭一抽，將咖啡杯放回桌面，「要喝，你就拿走。」

男子發出嘻笑聲，飛快的端過咖啡杯，啜飲起來。

亞爾斯諾靜靜地看著黑髮男子，等到他將咖啡喝得一乾二淨，並將飲盡的咖啡杯放回桌上，這才開口，「教……」

亞爾斯諾才說一個字，男子露出笑容，刻意的自我介紹。

「菲亞德，我叫菲亞德·史庫勞斯，請多指教。」

指教個頭，亞爾斯諾橫了菲亞德一眼，手指平貼在桌面上，迅速畫出一道魔法陣，再用手掌，用力朝魔法陣的中心壓下——

以桌面為中心，透明的結界張起、擴張，等到結界包圍住他與菲亞德所在的區域，隱沒在空氣裡，他才鬆開手。

「唔？隔音結界？」菲亞德抓了抓頭，「我們談話需要用到這個？」

然後，他將雙手圈在嘴邊，放聲大喊：「喂喂，這樣有聽到嗎？」

動作一出，亞爾斯諾馬上拍掉菲亞德的手，狠瞪一眼，「教……菲亞德，這是隔音結界！不是隱閉結界，你那樣做，是要別人注意你嗎？另外，這個隔音結界的隔音效果沒有很好，你太大聲，還是會被人聽見。」

要不是認識菲亞德很久了，不然他絕不承認這名看似路人，且少根筋的人，就是他們黑暗教會的教王！

黑暗教王——菲亞德看了亞爾斯諾一眼，不滿的抱怨，「我只是想要試試這個結界是不是真的可以隔音嘛！誰知道這麼陽春，不可以大吼大叫。」

亞爾斯諾絕望了，他不想與菲亞德爭辯，直接挑明他來這裡的主因。

「我懶得跟你多說，欸，菲亞德可以請你將『那個』拿出來嗎？」亞爾斯諾朝菲亞德比了比，催促著。

「嘖，知道啦、知道啦！」菲亞德揚起手，輕彈響指，右手掌心浮出一個指節大的黑色菱形晶體。

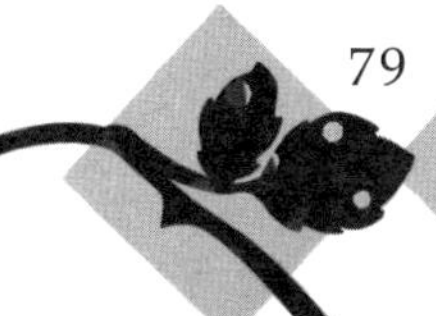

晶體中央閃著點點如星般的小光芒，亞爾斯諾緊盯著菲亞德手中的晶體，小心翼翼地從懷中拿出一個一樣的黑色晶體。只是他手中的晶體中央的星芒變得十分稀少，像是快要消失，呈現半透明狀態。

亞爾斯諾對菲亞德使了一下眼神，示意對方再靠過來一點。他將手朝旁邊挪移，與菲亞德手中的黑色晶體互相碰撞，發出如鈴般的響聲。

亞爾斯諾聽到聲音後，雙眸闔上，喃喃唸著幾段歌頌黑暗之神的話語，心念一致，虔誠地唸著祝禱文。

當他把雙眼睜開時，菲亞德手中的黑色晶體變成透明的菱狀物，而他的晶體變成深淵般的黑色，中央的星芒更發出無數的亮光。

亞爾斯諾露出一抹笑，雙手將黑色晶體納入雙掌之中，緊緊地握住，閉上雙眼，再一次感謝黑暗之神，途中，他的雙掌因晶體擠壓，而割破了掌心，他卻眉頭皺也不皺，放任鮮血從指縫處流出。

當亞爾斯諾把手放鬆，雙眼睜開時，晶體染滿了他的鮮血。亞爾斯諾低頭看著部分滴在桌上的血液，小心地將它置在桌上，鮮紅色的血像是被晶體吸收，一滴滴地消失，直到桌面上的血跡不見，他才將晶體收起。

「感謝黑暗之神，讓我在未來幾天，可以繼續在學院平安度過。」

接著，亞爾斯諾雙手交疊，低唸著感謝的話語。

菲亞德等亞爾斯諾祈禱完畢，才彈指將透明晶體收起。

「這次聖物消耗挺快的，發生什麼事？」

「菲亞德，你是忘記楓林學院的門口有『心靈結界』嗎？」亞爾斯諾賞了菲亞德一記眼刀，「有那種防止『危險』進門的窺探型結界，聖物一方面要補充我身上的黑暗元素，一方面又要抵擋結界的探查，當然會消耗很快。」

亞爾斯諾說到這裡，可以看出他十分得意。

雖然他與菲亞德手中的黑色晶體，只是位在黑暗神殿的聖物本體的分身，而聖物分身就像是可攜帶的神殿。在黑暗之神的力量發揮作用的情況下，楓林學院的結界再怎麼厲害，也會失去它既有的效用。

只是攜帶型的聖物有一個小缺點，就是亞爾斯諾將它內中的力量吸取完之後，小型聖物就會失去功能，這麼一來，他出入楓林學院時，必定會被學院的結界探測到他是危險人

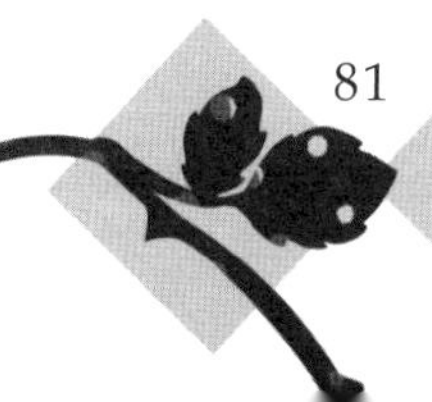

物，所以他必須固定外出補充聖物的力量。

「好了，你的聖物補充好了，來談要緊事。」

菲亞德頗為無奈地說，每次約亞爾斯諾出來，都是先補充聖物力量，後談要事。這一點，讓他有些為難，聖物力量耗損太多，有些不划算。

「光明教會最近動作頻繁，讓我難以招架。菲亞德，你要不要跟光明教會接觸一下，告訴他們追殺的對象錯誤了？」

「沒必要。」菲亞德晃了晃手指，「你以為光明教會的人都沒有腦袋，不知道你是我的左右手，還派人追殺你？」

「他們想要過河拆橋？」亞爾斯諾不悅的揚眉。

光明教會與黑暗教會之間的關係本來就很緊繃，光明教會打壓黑暗教會，黑暗教會對光明教會的怨恨只會增加，不會消退，他們自然會派人處理掉那些欺壓他們的「麻煩」。雙方一來一往間，兩邊教會的局勢只會更加緊張，不會有和解的一天。

在早期，因為信奉的主神消失的關係，他們需要信徒的「數量」來維持聖物的「力量」，讓它正常運作。

只是，要自家教會去殺掉自家人，以信徒的血來做為催動聖物的力量，對部分的人來說，是一個非常難堪且無法去做的事。

尤其光明教會把他們的教義塑造得太過「光明」，在這方面更是難以推廣。

所以，光明教會和黑暗教會的高層人員做了一個協議。

他們允許部分的教會信徒「有目的」地追殺對方的教會成員，互相交換他們各自所需的「物品」，也就是對方的「信徒」。

之後，就算光明教會獨大，雙方協議依然繼續，沒有停止的意思。

然而到了最近幾年，這份協議已快要變成廢紙。光明教會的行動越來越大，如今，就連身為黑暗教王的左右手，也被光明教會列為必殺的對象。

「很有可能。」菲亞德接著又說：「可是你有沒有想過，是你太惹人厭？」

此話一出，亞爾斯諾狠瞪菲亞德，厲聲道：「你這句話是什麼意思？」

菲亞德見亞爾斯諾一臉想要把他生吞活剝的凶狠模樣，雙手抬起，安撫著他，「你不是說要小聲一點？你剛才動作太明顯、聲音太大了。」

「菲、亞、德！」

亞爾斯諾聲音揚了八度，似乎將原先警告菲亞德的話給忘光了。

「我說就是了。」菲亞德見狀趕緊解釋。

「你想想看，光明和黑暗教會的『特定』名單是我們雙方自行決定，並交給對方。如果光明教會明知你的身分，還是決定追殺。理由有二個，一，他們想要撕毀協議；二，是他們照著名單的指示走，不管要殺的對象是誰。」

「你是說，我被人陷害了？」亞爾斯諾想了想，這狀況有可能發生。

「正解。」菲亞德點頭，「因為你是我的左右手嘛，在教會內，覬覦你現在這個位置的人，絕對不少喔！」

「喲，瞧你平常少根筋，蠢到讓人想狠敲你一頓，居然會有這麼聰明的時候？」亞爾斯諾咋舌，像是發現對方變成陌生人，重新打量著教王。

「我當了好幾年的教王，再蠢下去，其他人一定會吵著要把我換掉。」

菲亞德有自知之明的說完，亞爾斯諾哼氣認同。

黑暗教會與光明教會不同的地方在於，光明教會的教皇是主導者、具有控制教會的權威與權力；但黑暗教王只是個精神象徵，沒有實質的權力，負責決策的是其他人。

「算了，你剛剛提出的論點，我不認為是對的。」亞爾斯諾沉默數秒，抿了抿唇，「如果往你說的情況推斷，他們真的是依照名單的指示派人來殺我，那麼，不小心救了我的那幾名『邊境居民』該怎麼說？」

在龍夜一行人出手救他時，他以為是黑暗教會找了什麼組織暗地幫忙。一問之下，才知道那群人是邊境居民，只是見他被一群人追殺，看不慣就出手救援。

當時，他不確定被打退的那些人會有什麼動作，就帶他們去旅店避風頭。

沒想到，光明教會嚥不下這口氣，龍夜等人被列入必殺名單，鐵了心要把他們全數一網打盡，一次清除。

雖然亞爾斯諾一向將教會利益擺在最前面，卻不會鐵石心腸到不理會他們的死活，於是建議龍夜一行人前往楓林學院避難，讓光明教會放棄追殺。

通常，根據他以往的經驗，只要黑暗教會的信眾進入學院就讀，光明教會會暫時放棄找他們的麻煩——除非對方中途脫離學院或畢業。

但這次，整個情況大翻轉，教會居然鍥而不捨地派人追殺。

亞爾斯諾挺想要問候一下光明教會，他不過是名小小的黑暗信徒，頂多是有一個教王左右手的好聽稱號而已，有必要趕盡殺絕嗎？

憑良心說，亞爾斯諾十分感謝龍夜他們的，根據調查，光明教會派出的人屢屢栽在他們的手中，使光明教會的心力轉移到要如何將龍夜等人處理掉，暫時把殺他的事情給擱置在旁。

有關於龍夜四人，老實說，就算他想查他們的身分，還真查不出所以然來。或許是「邊境居民」的關係，目前找出來的，全是雙方見面後的事。

對於這群像是憑空出現的神祕人物，亞爾斯諾不知道自己該不該選擇抽手，不理會這些人的死活。

反正他們都成為了學院最高等的特殊班院生，實力也是掛保證的。

「呵，看你那樣子，你想要過河拆橋？」菲亞德突然打斷亞爾斯諾的思考，「亞爾，你要知道光明教會只是『暫時』將目標轉移，等到阻礙他們的邊境居民處理完，接下來就換成你了。」

亞爾斯諾想了想，「也對，我還是別與他們撕破臉，可是……」

他話未完的尷尬笑了笑，不知道該如何繼續說下去。

「可是什麼？」菲亞德催促。

「可是，我把他們的情報賣出去了。」

亞爾斯諾兩手一攤，說出去的話跟潑出去的水一樣，無法收回，他在前往此地與菲亞德會合前，就暗自將龍夜等人的情報賣掉了。

「嗄？你賣啦！」菲亞德沒想到，平常只有他會犯蠢，這次居然會看到他的左右手有決策失誤的時候。

亞爾斯諾點頭，「因為我對這些邊境居民挺好奇的，想要找機會看看他們還有什麼特殊手段，所以我就賣了。」

「唔，這應該是理由之一？」

「嗯。」亞爾斯諾不否認，「我猜他們對光明教會的容忍度也快到臨界點，所以想要利用他們探探光明教會到底在玩什麼把戲。」

「好吧，你都這麼說了，那就隨便你。」菲亞德站起身，好心提醒一下，「你自己小心，如果被那些人知道是你出賣他們，我想，你會很慘的。」

亞爾斯諾臉色一沉，瞭然點頭。

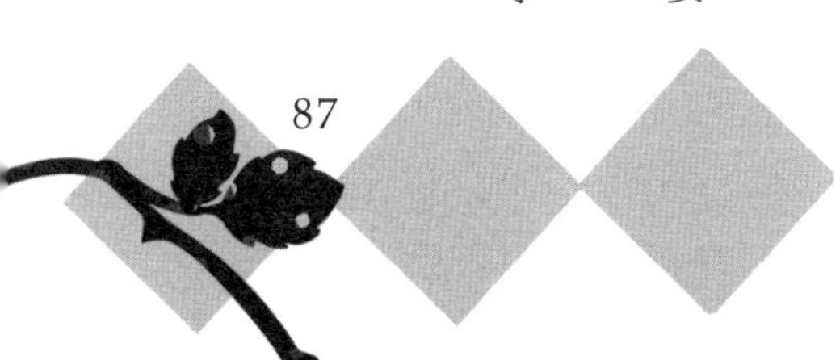

隨後，菲亞德離開了露天咖啡廳，而亞爾斯諾像發呆般，看著他越來越遠的身影，直到遠離視線範圍，這才推開椅子，重新走入咖啡廳，再點杯咖啡，繼續他的悠閒下午時光。

已經食物去人也散，剩不了多少人的用餐區。

在大家吃飯前就已經佔位，到如今大多數人都完食了依然佔位的四人組。

龍夜是第一個吃完餐點的，卻很有眼色的等到某位大人也吃完了飯，才把盤子一起放到回收區。

幾分鐘後，回到用餐區的龍夜，看著龍緋煉手中的牛皮紙袋，一臉好奇。

「緋煉大人，請問一下，校長給的任務是什麼？」

龍緋煉看了龍夜一眼，見他一直盯著紙袋，沒打算移開視線，也不打算隱瞞，「這個任務挺簡單的。」

「簡單？」龍夜呆呆地說：「可是，校長給的任務會簡單嗎？」

光是進學院前的試驗，他就有一種「疲於奔命」的感受。

「同感，我不認為校長給的任務會簡單。而且，這任務是『我們』要處理的，不給我們看一下嗎？」龍月朝紙袋一指，表示他也想要看。

「對了、對了！」龍夜想起一件事，「緋煉大人，你跟校長要了什麼東西，不然那位祕書怎麼會說『有一份是關於精靈遺跡』？」

「我想要一個東西，所以跟校長開條件。這一開始不是說了？」

龍緋煉輕輕的把話說出口時，一股古怪的涼意在四周蔓延。

有殺氣！龍夜知道某位大人真的發火了，馬上將目光轉移，假裝想要看看附近位置的人有沒有開始減少。

他完全忘記了，龍緋煉一開始將他們集合在用餐區時，就說明過這件事。

只是那時，沒有人敢問這位大人想要的東西是什麼而已。

「精靈遺跡內有一群實體化的元素精靈，我需要一隻『水元素精靈』。」龍緋煉一邊說，一邊將文件從紙袋內抽出。

「水元素精靈？」眾人困惑地問。

他們對龍緋煉會想要精靈一事，感到疑問與好奇。

龍緋煉根本不想給他們追問的時間，「記住，我想要的是遺跡內的元素精靈，別找錯了。另外，校長想要的任務物品是這個。」

他將其中一張文件抽起，遞給龍夜，「看好，這是校長要的東西，一樣在遺跡內。你拿到元素精靈後，順道將這個拿回來。」

龍夜困惑地看著文件內畫的圖形，那是一個像蛋的橢圓形物體。

他無法理解校長為什麼想要這個東西，它是有啥特殊作用？居然可以抵掉一「群」特殊班院生的一項任務。

「這任務就交給你和疑雁小鬼，東西拿到後，要找我報到。」

等到龍緋煉拋下這段話沒多久，龍夜終於回過神。

「等、等等，緋煉大人，你說我和……」

「你和疑雁小鬼。」龍緋煉的手朝龍夜和疑雁的方向輕點一下，「這個任務不難，龍月不需要跟著去。」

「可是，我們的任務，放他們兩個人去，妥當嗎？」龍月懷疑地說。

「既然是我們的任務，我要派幾個人去，都沒關係吧？」龍緋煉將其餘文件收起，目光古怪的盯著龍月，眼神裡充滿恫嚇的意味，「總之，我決定把任務交給小鬼們處理，你就不需要有太多疑問。」

「可是……」

龍緋煉橫龍月一眼，銳利的像下一刻就會出手。

龍月被嚇到將差點溢出的話，用力強行吞回。

好吧，這一次他再遲鈍，也稍微理解了緋煉大人的意思，是想把自己跟龍夜給隔離開來，而且這個決定是不允許被反抗的。

確定龍月不再試圖挑戰，龍緋煉收回目光，紅眸一轉，看向龍夜，「小鬼，這是我開給你的作業，你必須要完成。」

「啊、啊？是。」龍夜緊張地吞了吞唾沫，用力點頭。

然後，龍緋煉瞅了龍月一眼，壓低音線，拋出一句早就很想說的提醒：「你只是個隨行者，不屬於你的事，不要管太多。」

此話一出，龍月不知道該如何回答。

他知道自己只是個隨行者，如果讓龍夜太依賴他，龍夜的歷練就報廢了。只是他會想要陪龍夜處理這件任務，原因在於他們對疑雁這個人不夠熟悉，龍夜若與他一起行動，只怕會有無法預料的狀況出現。

龍緋煉聽著龍月內心的擔憂，無法認同的搖了搖頭。

就是這兩人不了解對方，他才要他們一起處理這件任務。

在他的心裡，早就建構好一個計畫，那是昨夜暮朔與他一起回到宿舍的路上，先討論出來的計畫。原本還打算資料一拿到手，隨便找個麻煩事把龍夜推去處理，這次算是湊巧接到茲克校長的任務，有現成的可以指派龍夜去做。

對於龍緋煉的決定，疑雁從頭到尾都沒有抵抗與發表意見，他靜靜地注視著龍緋煉。同樣地，龍緋煉也察覺到疑雁的目光，衝著他，微微一笑。

疑雁收回目光，沒有思考的像睡著般閉上眼，傾聽著對話。

龍夜想將緊握在手中的文件收起，只是他還沒收到口袋裡，就被龍緋煉收回，然後他才想起一件重要的事。

「唔，精靈遺跡的位置……緋煉大人，你知道那地方在哪裡嗎？」

這話宛如關鍵字，一說出，龍緋煉瞇起紅眸，發出陰冷的嗓音。

「龍夜，你不知道？」

「啊？」龍夜發現自己又失言了，捂住嘴，不敢再發出任何的聲音。

『小鬼，你在跟我開玩笑？你真的不知道？』

龍夜原本還想自己不說話，應該會逃過一劫，卻忘了一件事，那就是他親愛的哥哥大人就住在他的身體裡，要逼問，隨時都可以！

下一秒，他感覺到後方有一股拉力，視線一滯，目光可以重新聚焦時，他來到一個整片雪白的世界之中。

啊啊！又來了。

龍夜暗自垂淚，他被暮朔抓到內心世界，估計他的身體應該是直接「咚」的一聲，頭重重地倒在桌上，正在呼呼大睡吧？

此時，在他的眼前，暮朔噙著邪惡的微笑，雙手交疊，發出喀喀喀的扳動骨節的響聲，且用很危險的嗓音，微笑著發問，『親愛的弟弟，回答我，你之前跟黑髮的那個借了

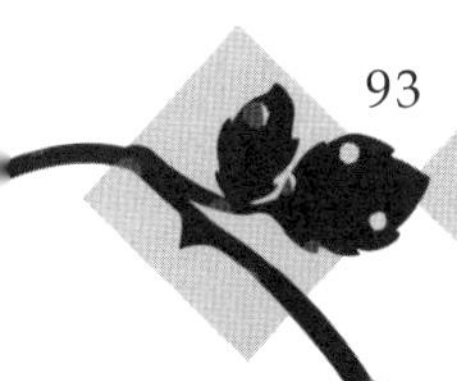

一本書來看，那本叫啥呢？哦，好像是叫「世界地理」？』

龍夜看著暮朔用疑問句發問，僵直著身體，不斷地猛點頭。

這本書他沒有忘記，他真的有看。

『嘛，需要我幫你回憶一下書本內容嗎？請你告訴我，首都附近的哪裡有精靈遺跡？』

看暮朔笑得讓他發麻，龍夜緊張到差點咬到舌頭。

「首、首都銀凱的城、城東一百公里處吧？」龍夜不太確定。

暮朔不悅地揚眉，像是聽不清楚，將手置在耳旁。

『嗄？我聽不清楚，再說一次。』

「在……」龍夜發出細如蚊蚋的嗓音，一臉畏怯。

暮朔揚聲打斷，很乾脆的催促，『啥啥？聽不清楚，你說什麼？』

龍夜見暮朔擺明是要刁難自己，也不知道該不該繼續回答。

暮朔對龍夜扭扭捏捏，不知所措的模樣感到無奈，手用力放下。

『死小鬼，給我用肯定句，不管對錯，用這麼不確定的口氣，是要告訴別人你沒自信嗎？你就是這樣，才老是被人欺負。回答我，你到底知不知道？』

「唔，我、我知道了。」龍夜無法反駁，雙眼一閉，心一橫，一臉豁出去的模樣，大聲地說：「精靈遺跡就在銀凱東方一百公里處。」

『緋煉給你看的文件裡，有寫元素精靈的所在位置，那你進入遺跡後，哪裡可以找到元素精靈？』

「遺跡內有個水池，水屬性的元素精靈就在那裡。」

『嗯。』

話語落下，寂靜瞬間籠罩在龍夜與暮朔之間。

龍夜沒有聽到暮朔的聲音，緊繃的心理又上升了一分，他不知道現在這狀況，是不是他說錯話了，哥哥大人準備要發飆，所以他緩緩地睜開眼，像做錯事的小孩，透過逐漸拉開的眼簾觀察著兄長的表情變化。

但沒有如往常一般見到暴怒的表情，也沒有睜眼後，眼前視線一斜，暮朔直接一腳將他踢飛，接著對他進行一頓猛打猛踹。

他所見到的是，露出思考的煩惱模樣的暮朔。

龍夜疑惑的往前幾步，慢騰騰的走到了哥哥大人身前，突然，暮朔猛一抬起手，龍夜趕緊閉上眼睛，他以為暮朔要打他了！

原本以為暮朔要敲他的頭，大聲罵他是豆腐腦。

沒想到，暮朔做出了讓他驚訝到眼睛、嘴巴全數張大的事。

摸頭……哥哥大人在摸他的頭！

而且那種感覺和動作，像是不習慣摸人的頭，有點僵硬卻十分輕柔。

由於龍夜被暮朔的行為嚇到了，就像娃娃般，傻在那裡任他亂揉亂摸。

『嘛，這樣才對，沒錯，精靈遺跡的確是在那裡，你沒有記錯。』

過了一會，暮朔收回手，對龍夜溫和的笑了。

『下次別人問你問題，不可以閉上眼睛回答，會顯得心虛，記住，你要用肯定與確定的語氣跟眼神向對方訴說，這樣才是正確的做法。』

龍夜一邊呆呆聽著暮朔說教，一邊不敢置信地摸著自己的頭，暮朔居然會如此和顏悅色?這、這、這，他現在在作夢嗎？

『沒禮貌，你沒有在作夢。』暮朔居住在龍夜的心中，可以聽到他所想的心聲，瞬間怒火濤天，雙手扠腰，不開心的反駁。

『你又沒說錯答案，我才不會吃飽了沒事幹出手打你。』

「說、說的也對。」

龍夜想了想，貌似以往暮朔動手打人時，都是自己剛好做錯事的時候，以前有幾次他做對事情，暮朔也會誇獎他。

可能是最近常常被打罵，暮朔的突然誇讚，讓他有些難以相信。

龍夜一想到適才暮朔摸他頭的情形，不自覺的傻笑著。

以往摸頭的動作，龍夜都認為是龍月的專利，只有他才會對自己這麼做，等到暮朔揉了他的頭髮，說出誇獎的話，似乎有些不一樣。

沒有像對龍月那樣，打開對方的手，罵他弄亂自己頭髮。

甚至是可以的話，想讓哥哥大人多摸自己的頭一下……

暮朔看弟弟傻愣愣地呆站著，嘆氣搖頭。

自己是一時突發奇想，想換個方式對待龍夜，沒想到這一次的衝動，卻讓弟弟認為他以後再努力點，或許自己還會繼續用這種方式誇獎他。

暮朔傻眼的聽著龍夜的心聲在堅定的發誓著，以後一定要讓這種被誇獎的事情常常發

生，面對這種意料之外的結果，他挺驚訝的。

可能是太驚訝了，本來他還有些話想說，一時間卻想不起來了。

『好了，你先回去。記住，別再犯蠢不動腦，知道嗎？』

暮朔算了算，他把龍夜抓到這裡來也過了一段時間，差不多該讓他回去，準備前往遺跡的所需物品。

一揚手，龍夜的身影逐漸淡化，被暮朔驅離了內心世界。

龍夜睜開雙眼，從桌上爬起，發現另外三人絲毫不理會自己，正在悠閒地聊著其他事情，讓他一時間不知道該說什麼才好。

「哦，回來了？」龍月見突然昏倒的龍夜起來了，對他說道。

「嗯。」龍夜點點頭，「唔，你們討論出什麼了？」

剛才他聽了一下，龍月他們在討論特殊班的事情，因為他沒有參與討論過程，就直接問他們的討論結果。

「只是在討論要用多快的速度，把校長的三項任務處理完。」龍月聳肩。

「一次處理完全部任務，似乎不錯呢！」龍緋煉因為想起了亞爾斯諾提起的聖物，所以不打算在這些任務上花費太多時間，「第一項任務交給小鬼一號和二號，再讓龍月接一個應該沒關係。」

「可是，特殊班的任務不是由校長決定嗎？」龍夜記得是這樣。

「不是只有校長。」龍緋煉晃了晃食指，「還有祕書。」

聽到這裡，龍夜頓時不知該如何回答，難不成這位大人打算去騷擾校長祕書闇夜，強迫他再拋出一件任務？

龍緋煉看向正可憐某人的龍夜，壞心的提醒他，「任務接了，還是可以慢慢的做，也就是說，另外兩項任務你都有份，會等到你完成前一件後，讓你可以馬上接著做下一個。」

「是。」龍夜含淚回答。

他赫然覺得，暮朔恐怖歸恐怖，龍緋煉卻比自家哥哥大人恐怖數十倍。

以往暮朔哪邊，他可以先口頭抗議，抱怨夠了再去做；可是龍緋煉那宛如命令的言語一出，他必須馬上遵守，不敢抗議。

不僅是因為龍緋煉是一族之長，另一層原因在於龍緋煉是他的指導者，指定的任務他都要完成，不能拒絕。

想到這裡，龍夜替可憐的自己偷偷嘆氣，任務是躲也躲不了，只能期盼他日後不會被任務耍得團團轉。

「小鬼們出發吧，路上有狀況你們要自己解決，我和龍月不會幫忙。」

龍緋煉接著側頭看向龍月，「走了，接下來他們會自己處理。」

說完，他不理會龍月還有沒有話要交代給龍夜，逕自將人拉走。

龍夜就愣愣地看著紅髮青年「挾持」不停掙扎的黑髮少年離開，只剩下他、不怎麼熟悉的冷漠少年和一頭小狼。

「呃，我們也該走了？」龍夜緊張地看著疑雁，有些不知所措。

疑雁點頭般的低下頭，看向腳邊的小狼，小狼晃了晃尾巴，發出嗷聲，等牠站起後，他才起身。

「那我們出發吧！夜師父。」

然後，兩位被「強迫」一起行動的少年，準備結伴前往銀凱城東的精靈遺跡。

獵人的突襲

在龍夜和疑雁要與另外兩名同伴分別，去處理他們交付給自己的任務前，在雙方只隔著不算短的距離，可以遙望彼此背影的時候，紅髮青年對居住在龍夜內心中的暮朔，拋出了問題。

——這樣子，就沒有問題了吧？

暮朔收到龍緋煉的問句後，不想回答的想著，『我要睡覺，不要吵。』

能夠讀心的龍緋煉，得到暮朔答非所問的回應，十分不喜。

一確定暮朔現在清醒著，只是太懶不想回覆，龍緋煉很乾脆的放鬆抓著龍月的手，腳跟微旋，整個人準備轉過身來。

這麼直接的威脅，逼得暮朔沒有辦法，只好回應。

『你把龍月看緊就沒有問題，請你一定別讓他逮到機會偷溜出來。』

龍緋煉對於暮朔的猜測，倍感無力。

——龍月有分寸的，只要警告過，他不會做出份內之外的事情。

『不一定。這次是你單方面說任務很簡單，但有腦子的人都知道，校長老頭交給特殊班院生的任務……簡單？嗯，會簡單，那老頭就不是校長了。所以，我敢肯定，如果你沒有盯緊龍月，他一定會偷偷跟蹤那兩個小鬼。』

——就算是這樣，只要這是龍夜的功課，龍月也沒辦法干涉。他歷練過，自然明白這個道理。算了，你要是擔心的話，我會盯緊他的。

龍緋煉雖然覺得暮朔在這方面太過放不開，不過，能看到那個消極的，只會用強勢態度、惡劣言行去面對一切的暮朔，做出這種保姆般的體貼入微姿態，即使是為了強行糾正龍夜的過度依賴，也能讓他感到滿意。

看來，自從來到水世界，當龍夜被迫開始成長，暮朔也跟著改變。

這樣就好，一點點再一點點的改變下去，暮朔有一天會變得更主動。

——那就這樣。

丟下最後的告別語，龍緋煉反手再度刁住龍月的後領，拖著他移動。

「緋煉大人，我可以自己走。」龍月反抗無能的只能用力強調。

「先加快腳步證明看看？」龍緋煉邊說邊加快速度。

龍月斜著身體，被脖子後的力道拉著開始往前跑動的絕望嘆氣。

『謝啦，緋煉。』得到了保證，暮朔總算放心。

龍緋煉默默收下暮朔的道謝，不再回應，就這麼繼續接下來的計畫。

既然他答應暮朔要監視龍月，那就先放下要跟祕書先生索取下一個任務的打算，乾脆拖著龍月，去將其他水祕石的材料收集完成，讓他忙到無法分神擔心處理遺跡任務的龍夜，更能減少暮朔的工作量，這真是一舉兩得。

想到這裡，龍緋煉拖著龍月移動的速度再次加快，不一會就消失在用餐區之外，留下某兩個面面相覷的人。

「疑雁，剛剛緋煉大人是不是想回頭說什麼？」

龍夜為了龍緋煉旋身的動作，可說是膽顫心驚的原地僵立著等候。

「好像。」疑雁也是為此停下腳步，等那位大人開口。

沒想到他們兩個提心吊膽的等了好一陣子，只等到龍緋煉換一隻手抓住龍月，然後以常人難及的速度，飛快的把人拖離現場。

「純粹換手？」龍夜有點懷疑。

「應該。」疑雁想不出有另一種可能。

總之，不是又想折騰他們，那就一切都好。

忽然間，在這一刻，望著彼此的龍夜跟疑雁有了一點點的共識。

這應該是他們雙方熟悉起來的關鍵，就從對某人的畏懼和無能為力開始。

離開學院餐廳後，先各自回到宿舍房間的一路上。

龍夜和疑雁兩人隨口討論著要準備什麼隨身物品，以及該怎麼配合……最重要的是至少打鬥時不要拖了對方後腿這件事。

很快的，確定該交代的事說的差不多了，他們回到了宿舍。

不想浪費時間，因為不曉得這個任務要做多久才能完成。

龍夜一回到目前無人的房間，立刻跑向自己的床位，將昨天趁著室友進行管理員的工作時偷偷畫好、並藏在枕頭底下的符紙，全部拿了出來，收入腰際的白色收納袋內。

面對只有手掌大小，由學院配給的收納袋，只能說，學院也不知道哪根筋不對勁，配發給院生的武具一個比一個爛，偏偏收納用的袋子非常好用。

看那一大疊厚厚的符紙放進去，還有很多空間可以放其他物品，就知道品質極佳。

只可惜，收納袋只能收死物，不可以收活物，不然他還挺想要抓一隻魔物，將牠放入收納袋，看看袋子會將魔物完全收納，還是裝到撐裂。

唔，不小心又想了這種蠢事，希望沒有被哥哥大人發現。

龍夜不安的發了一會呆，發現沒有聽到暮朔咆哮的聲音，慶幸的拍拍胸口，哥哥大人睡了吧？應該是睡了。

再次查看該帶的東西有沒有帶齊，龍夜等到確定沒有遺漏，才寫了一張紙條給利拉耶和賽洛斯，告訴他們，他和疑雁要去處理任務，今天可能不會回來，以免室友到了巡舍時間發現他們沒有回來，就記他和疑雁一個違規警告。

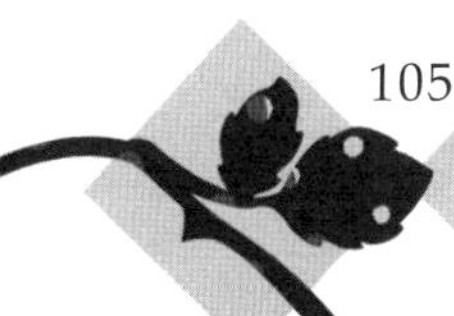

龍夜將紙條貼穩在自己床位的顯眼位置上，確定不會掉落後，離開房間前，不忘從賽洛斯的書堆裡抽出一本挪亞世界的地圖，確認地圖內有遺跡的詳細路線圖，這才出去與疑雁會合。

宿舍門口，疑雁正低頭看著那隻小狼，像平常那樣。

龍夜難得有一點擔心自己是不是時間拖太久。以前龍月會有耐心等他，是知道偶爾他會因為犯錯或幹了蠢事被暮朔臨時拖去修理。但是現在要合作的對象是疑雁，龍夜突然覺得自己手腳不夠俐落、行動不夠迅捷，似乎會給疑雁帶來麻煩，這點讓他有些煩惱。

雖然他跑到疑雁身邊後，對方並沒有表現出絲毫的忿怒或不滿，龍夜依然偷偷看了疑雁幾眼，卻不敢說話的沉默著。

和疑雁走出了宿舍，兩個人毫無對話的一路往前走，直到下了宿舍階梯，走向學院門口，好長的一路上，都沒有人開口。

龍夜內心暗泣的想著，是不是惹疑雁生氣了？奇怪的是，哥哥大人真的睡著了嗎？居然沒有嘲笑他，所以，現在的尷尬情況要靠自己解決？

該怎麼解決？發現這部份自己完全無能的龍夜，傻傻的數次偷偷朝疑雁伸出手，又不敢拉住對方的只能再默默放下來。

伸手的次數多了，龍夜眼尖的發現疑雁的寵物小狼正抬頭看著他。

沒辦法，不想被咬的龍夜內心淚流滿面的收手，開始改用熾熱的眼神。

不曉得是不是被人盯著看久了，真的會感受到異樣的溫度變化？

疑雁在距離學院門口還有一小段距離的地方，猛地停步轉過身來，「夜師父，這次的任務暮朔師父會幫你嗎？」

龍夜抓抓頭髮，神色有些尷尬，不知道該如何回答。

最後，他還是以極度不甘願與不想面對現實的口吻說：「不、不會。」

艱難吐出兩個字後，他像極了身心受創的人，原地抖抖抖的嘆著氣。

「暮朔師父還真嚴苛，可惜我沒有這個機會。」疑雁敬佩地說。

龍夜頓時無言，他沒有眼花、沒有看錯吧！為什麼疑雁會用一臉的欽佩，說出感慨的語句，他是希望能夠被暮朔教導嗎？

可是暮朔不是什麼當師父的料呀！

從有記憶開始他就常被暮朔抓去學東學西，到目前為止，學會的還是很少，由此可知暮朔教人的技術有多爛了。

龍夜甩頭，趕緊把這些想法給拋開，只怕他再想下去，暮朔就要醒了。

果然，下一秒暮朔就氣急敗壞地破口大罵。

『什麼我教得爛？是當學生的你太差。』

龍夜無奈地壓了壓耳朵，好吧，是他沒有想過這一點……學生太差，老師再好也沒有用。

「嗯？怎麼了？」疑雁見龍夜突然抬手壓耳朵，納悶地問。

「沒有，只是暮朔在罵人。」龍夜嘟噥著。

「一定是夜師父你在內心偷偷說暮朔師父的壞話。」疑雁想了想，「不然，暮朔師父怎麼會突然罵人？」

「嗯，你沒說錯。」龍夜搔搔臉頰，有點不好意思。接著，他像是想到了什麼，又問道：「對了，疑雁我可以問你一個問題嗎？」

「請說。」疑雁點頭。

「疑雁，你為什麼會跟我們一起來到這裡？」

疑雁愣了愣，「需要理由嗎？」

「不需要嗎？」龍夜一臉訝異，「唔，怎麼說呢？要是我的話才不會隨便跟人家走，再說你不像那種，非要跟別人一起才敢去異界歷練的人。」

「……夜師父，你是明知故問嗎？」疑雁皺眉，「你忘記暮朔師父怕我把你們的事情說漏嘴，跟我訂了契約，只要我想跟其他人說你們的事情，我一定會送命，而不會失口最好的辦法，就是待在暮朔師父眼皮子底下。」

是的，一直看著一手掌握你生死關鍵的人，有助於自我控制的成長。

至少每天瞧著暮朔師父在眼前晃，他就一點也不想擴展交際圈子，反而認為只剩下四人的生活圈索然無味倒很適合心境的修練。

這樣也不錯，疑雁暫時是這麼想的。

而如果疑雁沒說，龍夜還真的忘記那件事。

在聖域，他為了可以使用離開聖域的傳送法陣，在龍緋煉的單方面決定下，與疑雁進行了決鬥。

他們對決時是在黃昏時刻，龍夜和疑雁交手了數回合，很明顯地，他屬於鐵定會輸的一方，當他被疑雁的招式擊中，倒地昏迷時，恰好是夜晚來臨之際，暮朔就跑了出來，瞬間將疑雁擊倒在地。

這也是疑雁對暮朔特別恭敬的主因之一。

但他們交錯對付疑雁，間接的讓對方察覺到自己的異狀。

原本龍緋煉打算直接滅口，永絕後患，暮朔不知道是不是吃錯了藥，明知道眼前的狀況對他非常不利，他不只沒有當機立斷把疑雁殺掉，反而是與他訂立封口的契約，並帶著他一起前往水世界。

這一點也不像暮朔作風的行為，著實讓龍緋煉非常不滿。

龍夜想，疑雁應該知道，龍緋煉一直想把他處理掉，只是還沒動手而已。

不然的話，疑雁不會乖乖被龍緋煉呼來喚去的無比配合，生怕一個不好，下一刻就會消失在這個世界上。

由此可以猜想得到，疑雁在他們這一行中的存在感為什麼那麼低。

要是自己頭上懸著一把隨時砍下的刀，背後更一直有人等著送自己去死，想必不論是誰，都會下意識讓自己湮滅於眾人視線之外，以免給人下手的藉口。

當龍夜胡思亂想之際，疑雁推了推他，指向前方，「夜師父，出口到了。」

龍夜回神，看著學院出口處半圓狀的灰白色拱門，搔搔臉頰，還是對學院門口的「構造」感到疑惑。

從學院外面看，學院大門僅僅是普通的通道，沒有什麼清楚的標誌可以讓人一看就知道那是楓林學院的門口；但反過來，從學院內側，朝門口看出去，卻可以看到原本毫無任何標誌的地方，多出一個灰白色拱門。

不知道是不是學院對大門下了什麼遮蔽型魔法，才會出現這般詭異的現象。

「夜師父？」疑雁注意到龍夜緩下了腳步，疑惑地轉頭。

「嗯？我馬上過去。」龍夜回神，不好，又發呆了，他趕緊快步向前。

又要從這裡出去啦！

龍夜感慨著，每次經過這道門時，他總是會有內心被人窺視的感覺。

反倒是暮朔，上次跟他提及此事時，還被嘲笑是自己多心。

究竟是自己錯覺，或者是暮朔太厲害而不會被窺探成功？

龍夜決定等他哪天膽子夠大或哥哥大人心情極佳時，再來問這個問題。

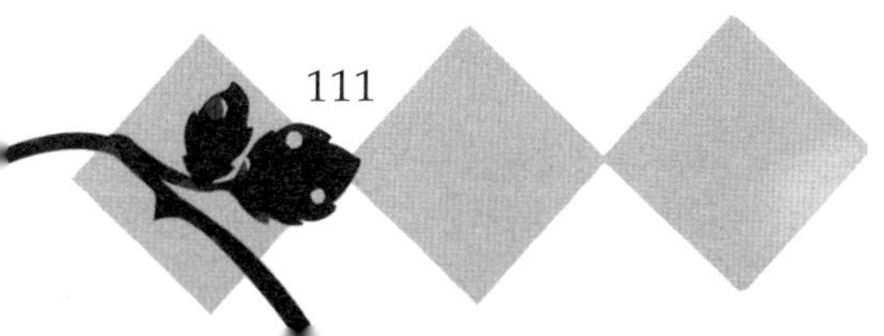

修恩·斯狄亞，他是楓林學院中，一個在眾人眼裡，人緣十分不錯的武鬥院院生，同院院生給他的評語幾乎都是「很不錯」、「愛幫助人」之類的。

他在學院內的工作之一，是負責將武鬥院院長拉莫非的文件交給校長，請校長裁決武鬥院的事務。

實際上，樂於助人的他有一個深藏心中的祕密。

他是一個祕密情報組織的成員，在楓林學院內主要是收集各種大大小小的情報，提供給他的組織。

一開始他加入組織，進入學院就讀時，很擔心自己的身分曝光，沒有想到，組織給予的物品，居然讓他順利混入學院，至今沒有人察覺到他的異常。

而那個物品則是加入組織，宣誓永遠效忠，絕不背叛與離開時，主人交予他的一個組織成員的代表物——一顆被褐色錦囊袋包裹著的褐色石頭。

為什麼這顆看似普通的石頭能夠躲過設置在學院門口的心靈結界？

據說，這石頭被神明祝福過，可以阻隔學院的結界。所以，只要他持續將石頭放在身上，就不會有被結界入侵心靈，查探他的記憶與思考的一天。

只是修恩不了解主人所說的「神明」是哪一位，因為他知道的神明僅有三個，也就是光明與黑暗以及目前無人供奉的元素之神。

可是，從主人的話中判斷，似乎是另外一名神明，這是他第一次聽到除了三位神明之外，還有第四個神明存在。

雖然這個疑惑，主人至今都沒有替他解答。

唯一知道的，是石頭會變成組織代表物的原因是有神明加持，以及他們組織會變成這麼大的規模，都是拜這位神明所賜，使得組織成員可以從容混入各種不同規模的勢力，完美做到在這個世界上，沒有他們探聽不了的祕密、也沒有他們無法察覺的事情。

他，修恩．斯狄亞，便為此崇敬、崇拜自己的組織，只要組織要他做什麼，就算是要他犧牲，他也願意去做。

現在，他就有一個重要任務，那是光明教會直接傳達的任務，而且他還被光明教會指名，就算不想接，也不能拒絕。

他看完任務的內容後覺得可笑。教會要他去調查目前在學院的某四個人的狀況，不只是要查出這四個人的身家資料，還要將他們在學院的一舉一動全數回報給光明教會，讓教會那邊隨時掌握那四個人的行蹤。

面對這看似簡單，實際上困難重重的任務，倒是讓他頭疼許久。

光明教會是不知道學院有心靈結界嗎？一直跟蹤人，是會出問題的。

要不是他擁有組織的神奇石頭，依照這幾乎天天探查別人的狀況，他早就被學院護衛隊抓住，以「違反學院秩序」為由，革除楓林學院的院生身分，並攆出學院，讓他永遠別想再通過學院大門。

要不是看在他是情報組織的一份子，有自己的職業道德在，不然他早就把這個任務打回去，告訴教會「無法處理」了！

況且，他收到任務，一看到任務內容後，馬上知道這四個人是最近入了特殊班的新生。可以成為校長班級的院生，實力絕對比自己強。

修恩非常相信，再繼續調查下去，他的小命鐵定不保。

因為那四個人裡，有一名紅色頭髮的青年，他還沒正式跟蹤，只是路過看看而已，青年就像是知道自己來意般，紅色的雙眸在第一時間緊盯著他，眸中的冷度，讓他忍不住直打寒顫，不敢有任何特殊動作。

那一天，直到他們四個人離開，遠到已經看不見背影時，修恩的手腳才恢復了知覺，飛也似的逃離他所待的地方，一路上還為此跌倒好多次。

從那天起，只要有紅髮青年在，他絕對不會出現在那四個人附近。

直到今日，不知道是不是組織的神明憐憫他，終於給了他一個好機會。

有一位不具名的人士，給了他熱騰騰的第一手情報，那張紙條告訴他，他的目標要執行校長的委託任務，那是有關於精靈遺跡的任務，行動夠快的話，他們今天就會出發。

這個情報宛如強心劑，給了修恩非常大的信心。

雖說情報內容必須要反覆確定，才可以交給委託人，但依照情報顯示，等那四人離開學院後，才完成確定並通知光明教會，便顯得有點晚，所以他就先將此事回報給組織，讓他們決定該不該把情報交給教會。

後來，他很慶幸自己做了這個決定。

因為，這個情報準確度幾乎是百分之百。

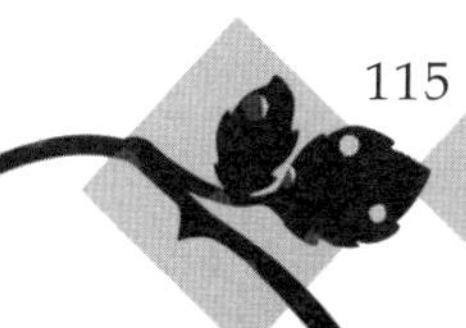

楓林學院門口，是學院「唯一」一個提供學院院生進出的地方，在這看似尋常的門口處，設置了一個進出者極難防備的「心靈結界」。

那是學院篩選院生、防止外來者偷渡進入的結界。

當然，學院不會特別告訴院生，通知他們出入時要自我防備，以免一天到晚都會有院生想要嘗試消除結界，以證明實力高強，給學院添麻煩。

就算如此，依然有不少敏銳的學生察覺到——尤其是想要偷渡違禁品的。

每次想要做「好事」時，那些學生總會在經過學院門口不久後，發現學院護衛隊剛好出來搜查、拷問，日子一久，很容易摸清楚原因所在。

以身試法，知道學院門口有心靈結界的院生們，決定改用其他方式進出學院，以免每次進出學院時，都會被結界「窺視」心靈，讓自己感覺好像沒有任何的防備，內心赤裸裸地被學院一再檢查。

所以，一群院生們開始了一次次對進出學院的「攻堅任務」，他們有的爬牆、有的使用傳送魔法、有的挖地洞，可惜種種想要逃避門口探測手段的舉動，無一成功，很可悲的都失敗了。

每當他們那麼做，不是使用傳送魔法離開學院時，傳送位置偏移，地點變成了學院門口；不然就是挖洞到一半、爬牆剛上了牆頭，學院護衛隊已經出現，將意圖偷渡的院生逮住。

時間久了、嘗試的人多了，被抓住的人自然沒少。

從此以後，楓林學院多出了一條流傳多年，不論是知道、還是不知道有心靈結界的院生，都必須遵守的第一條約。

——進出學院，一定要走大門，違反者，後果自負。

現在，學院門口連接的地區為西區的住宅區，據說，學院將入口設置在此區，是故意刁難院生，不讓他們常往東區的商店區跑。

如果有人有心注意入口周圍的環境，一定會發現，學院附近的住宅地段，根本沒有人搬進去住，全是空屋。

可能是楓林學院的入口只有一個，而學院本身就像是獨立的國家，任何的糾紛不可以進入學院，除非是成為學院院生，利用正式管道挑戰對方，否則的話，一旦在學院內發生尋仇事件，必定是嚴懲處理，絕不寬宥。

所以，學院門口外圍，便出現一個奇特景象，就是時常有各式各樣的人，三不五時在學院外圍「路過」，或者是躲在不起眼的小角落「蹲點」，只要有人從學院裡出來，就會抬頭看看，離院的人是否是目標人物。

由於在學院「堵人」的情況非常多，多到偶爾會在門口上演圍毆事件，等到事情真的一發不可收拾，學院忍無可忍，便會派出護衛隊，把在學院附近疑似定點尋仇的債主給處理掉，讓那些人知道，學院周圍還是屬於學院的保護範圍，警告那些人不要在學院視線所及的地方動手。

雖然定時有護衛隊在巡視學院外圍，但他們不是全能的，只要有人逮到巡視交接、護衛隊剛剛經過等等的空檔機會，還是有機會抓到自己想抓的人。

便在這樣的空檔，楓林學院外圍，來了一組詭異的組合。

一名黑袍人與身穿白色祭司袍的男子來到靠近學院的一處巷弄，一致將目光停頓在學院門口附近。

他們是黑暗獵人與光明教會的祭司，奉上層的命令，在此等候即將出來的目標。

可能是等得不耐煩，白袍祭司朝身旁的人瞥了一眼，「目標真會出來？」

「等就是了。」黑袍人發出低沉的嗓音，回答著。

「你確定那位大人的命令無誤？他是如何確定黑暗的信奉者會出現？」

祭司瞇起褐眸，繼續詢問黑袍人，他之所以與這男子到這裡等人，也是因為男子拿了一份高層的文件，要他協助處理異端的事。

這種突如其來的高層指派任務，不想沒什麼，一旦細想就使人不放心。

沒人希望做完任務，唯一得到的下場是被陷害、被滅口。

隨著在外等候的時間漸長，他看著黑袍人的目光越怪，越想追問。

「只要做好你的工作，其他的事情不需過問。」

黑袍人看祭司的問題一個接著一個來，有些不耐煩地回答。

他會找祭司幫忙，只是要他扮演好輔助的角色。

疑問？回答？那根本就沒有必要。

祭司十分不滿黑袍人的冷淡回應，神色顯得有些不悅。

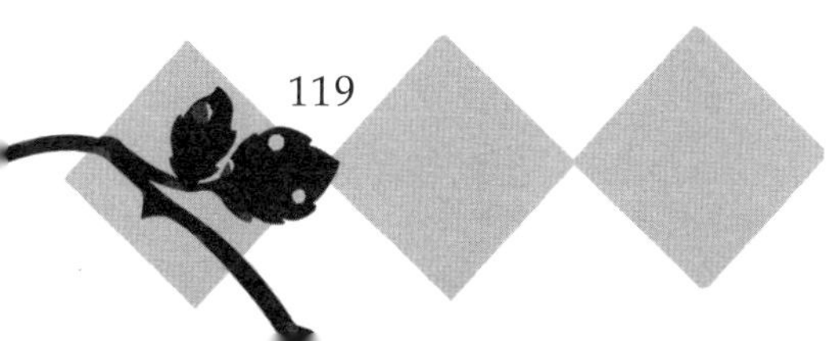

「光明神在上，我的問題你該回答的。神說，有疑問時要盡量發問，若被問者內心無不可言之事，必給予詢問者應得的解答。」

再說了，看對方的態度，很像傳聞裡的黑暗獵人？

解決異端這件事，身為光明教會的成員，他沒有太大的抗拒心，只是，黑袍人說得越少、願意給予的回答越少，他心裡的不安正在擴大。

不希望任務是因為雙方的信任度破裂歸零而導致失敗，他是非問不可。

「哼，難道神沒有告訴你，有些問題知道了才是麻煩到來的開始？」

發現祭司表情有所變化，黑袍人知道自己黑暗獵人的身分曝光，卻不怎麼在意的冷言道：「祭司不是要修心？心不靜、對教會的命令存疑，你的位階應該會停在原地，永遠晉升不了。」

祭司側著頭，對身旁的黑暗獵人微微笑道：「放心，升級這事情，本來就是由神來決定，不需要你替我擔心。」

確定對方不打算配合，祭司也不想用回平常語氣的與獵人對話，繼續使用面對信徒的態度，句句不離神的隱隱冷嘲熱諷著。

黑暗獵人哼了一聲，不再理會祭司，反正他們這個雙人組合只是臨時的，等到任務結束，他們就各奔東西，不會有交集的一天。

祭司暗暗決定，等一下任務最重要的是保護自己。

過沒多久，黑暗獵人注意到學院內，有兩個疑似目標人物和一隻動物的身影在由內向外走出，應該是他們了。

祭司見狀低喃著：「呼，感謝神的保佑，被黑暗吞噬的可憐羔羊出現了。」

黑暗獵人看著走出學院的兩名少年，嘀咕著：「嗯？只有兩名出來執行任務？」

情報組織所給予的情報顯示，會出來執行學院任務的人數是四位，而不是減半，變成兩位呀！

枉費後頭還有安排人要過來接應，二對四確實是人力不足。

沒想到那些安排都白費了，目標人物就剩下兩個。

他恨恨咬牙，情報組織真是沒有什麼用處，人數居然會報錯。

黑暗獵人決定先和祭司一起，把這兩個貌似較年幼可欺的目標人物解決掉，再回去通報教會，讓後續的人員不用跟上。

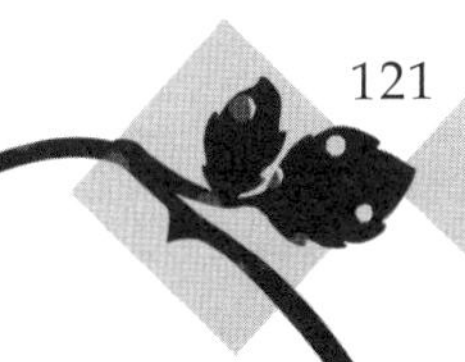

「祭司，獵物上門了，你準備好了嗎？」獵人斜眼催促著光明祭司。

祭司拿出一本白色的封皮書，「行動前，需要我先幫你祈禱嗎？」

「不需要。」

「別這麼客氣，有拜有保佑的。」祭司無視獵人的拒絕，自行替他決定，雙眼微垂，雙手交叉握起，口唸祝福語：「願光明神祝福你可以將任務順利完成，平安離開。」

瞬間，黑暗獵人的身體表面浮起淡淡白光，但白光出現時間只有眨眼一瞬，馬上就消失不見。

祭司祝福完後，滿意點頭。

黑暗獵人僅是稍微皺了一下眉頭，沒有說什麼，他向前走不到幾步，想到一件重要的事情，回過頭對身後的祭司問道：「你會使用傳送術嗎？」

祭司先是一愣，然後點頭，「當然會，這可是每位祭司必學的神術之一呢！」他第一個學會的神術就是傳送術，水準他可以保證。

「那麼，那兩名黑暗信徒一到附近，你就用傳送術把他們送離學院。」

黑暗獵人可不希望他們在處理那兩人時，被學院的護衛隊干擾，只要一遠離巡邏的路線就將他們送走，這兩個少年就任他宰割。

「等一下，你可以把人送走後，再將我們一起送過去嗎？」為了以防萬一，黑暗獵人還是先確認自己的戰術。

「沒問題。」祭司一面翻閱手中的書，一面回答，「就算你要我進行同步傳送，也能做到，只要你拖延的時間長一點，我一定能成功。」

啪地一聲，書籍闔上，祭司的眼中透出堅定的眸光。

「嗯。那就這樣，地點是獵人的聚集地，口哨是暗號，不要忘了。」黑暗獵人還是習慣在熟悉的地方戰鬥，他寫了一處地點，交給祭司。

等到確定沒有漏掉該交代的事情後，他這才向上一跳，身體就像長了一對翅膀，輕盈地躍到旁邊的房屋頂樓。

由上往下望去，黑暗獵人走了幾步，挑選好位置後，拿出一顆藍色的晶石，手用力一捏，將晶石捏成粉狀，將藍色的細粉灑入空中。然後，他拿出藏在腰間鑲滿著藍色晶石的匕首，屈膝蹲身，捕捉兩名少年離開學院的時間。

等到目標來到偏離學院也離開護衛隊視線的小巷弄之中，獵人迅速揚手，被他灑入空中的粉末反射出藍色的光芒，手向下一指，獵人隨即躍下，而藍光在上頭圍成圈，像是要將兩名少年禁錮似的，重重地壓下——

因為目標的地點是遺跡，跟往常要進行的任務地點不一樣，不曉得進入遺跡後，要花多久時間才能出來。龍夜雖然帶了不少食物跟飲水，卻怕不夠的喊停疑雁的腳步，問他要不要再去採買一些乾糧跟用水，以免任務時間太長，兩個人到最後失敗在又餓又渴的情況下，使得任務時間又要加長。

疑雁面對龍夜有些囉嗦卻十分細心的問題，剛想把自己帶了多少飲水跟食物說出來，就發現對方表情突變。

龍夜先是感覺到一股「惡意」從上頭襲來，猛一抬頭，上面有一個藍色圓圈朝他跟疑雁的位置飛快落下。

龍夜反射性地抬手，召出木杖，將襲來的藍圈給推回上方不讓它墜下。只是這光圈是什麼東西？似乎沒看過啊，他不小心看著藍色光圈發愣。

「夜師父！」

疑雁一見身旁人習慣性的發起呆，連忙大喊。

發愣的龍夜頓時回神，正要先將頭上的「危險」解決掉，驀地，前方有一名黑袍男子倏地現身。

黑暗獵人？疑雁瞇起雙眸，內心拋出這個猜測。

男子這身裝扮，分明就是屢屢找他們麻煩的光明教會的黑暗獵人。

「黑暗獵、獵人？」龍夜錯愕地喊著。

這些黑暗獵人比幽靈還要難纏呀！一直陰魂不散地追殺他就算了，這次居然是在門口附近阻擋他們的去路。

「疑、疑雁，我們要不要拖延一下他的時間？」

幾天前的經驗告訴龍夜，雙方纏鬥的時間越久，脫身的機會越高。因為，學院護衛隊會前來阻止在學院門口打架的人。

只要護衛隊出來了，代表他們眼前的麻煩會隨之解決。

「夜師父，這樣不太好。你不能保證護衛隊會過來，再說，不要老是想著依靠別人幫

忙好嗎？緋煉大人跟暮朔師父會發火的。」

疑雁知道龍夜先前在門口被護衛隊的人救過，很明白他的打算，問題是與其等待不確定的援手，還不如直接將眼前的麻煩給解決掉！

更何況，黑暗獵人會明目張膽的擋在這裡，態度囂張，就代表這個人有什麼陰謀或後手，才沒有等到他們離開，再尾隨襲擊，而是直接現身。

疑雁看了看附近，思考該不該拿出武器。

猛地，眼前的獵人有了動作，他將右手舉起，持匕首的手用力一甩，匕首深深刺入地面。被龍夜壓制住的藍色光圈一晃，朝旁邊擴散，圓圈變得更大。

龍夜見狀，木杖一轉，大喊：「分解。」

這是不需要符咒的簡易法術，作用是將一般基本的法術攻擊分解成普通無攻擊性的元素。

唰的一聲，藍色光圈分解成最初的藍色光點。

龍夜尚未有新的動作，疑雁用手拍地，搶先喊道：「冰結。」

從手碰觸的範圍，將男子的腳與地面一起冰住。

黑暗獵人低頭看了一眼，不把眼前的危機放在眼裡，只見他手指一彈，清脆響指宛如號令，藍色光芒化成細長的針狀結晶體，呈圓形包圍狀，一個個刺入龍夜和疑雁的周圍地面，讓他們進退不得。

不過這招對於龍夜和疑雁來說，完全不是阻礙。

疑雁虛空一抓，凝結出一塊冰刃，手腕一轉，冰刃朝黑暗獵人扔去。

黑暗獵人從腰際拿出另外一把匕首，將疑雁的冰刃給刺穿。然後，獵人吹了聲口哨。

拖延時間的任務已經完成。

龍夜和疑雁赫然發現腳下所站的地面浮出一道白色光芒，包圍了他們。

龍夜大驚：「傳、傳送法陣？」

從魔法陣的波動判斷，這與學院的宿舍傳送陣一樣，自己沒有認錯。

瞬間，他的心中對於即將被傳送過去的地點，有不妙的預感！

而獵人的微笑更是確定他的猜想。

「疑、疑雁，該怎麼辦？」龍夜推了推身旁的疑雁，苦著臉發問。

「等一下就是獵人的狩獵時間，我和同伴會好好歡迎你們。」

傳送陣已經成形，龍夜和疑雁的腳陷入傳送陣之中，無法動彈。

龍夜見狀，有點不知所措。

「夜師父，你有沒有其他方法？」疑雁非常冷靜的詢問。

龍夜不知道該哭還是該笑，現在不是問他有沒有方法的時候吧？

偏偏他從剛剛到現在，一直喊著要暮朔救人，哥哥大人卻理都不理。

周圍的白色光芒越來越濃，龍夜決定豁出去，手中木杖向下一指，準備催動法術，強行改變魔法陣的波動。

很幸運的，在法術干擾的狀況下，魔法陣的光芒出現不穩定的狀態。

龍夜再接再厲，繼續攪亂魔法陣。

瞬間，魔法陣發出耀眼的光芒，龍夜與疑雁的身影淡化，隨即消逝。

而原本阻擋龍夜與疑雁的黑袍男子，一同消失，黑暗獵人困住龍夜疑雁所用的藍色細針也跟著不見。

學院大門恢復安寧，彷彿這裡本來就沒有發生任何的異狀，無人察覺。

惟獨一名輕鬆站在學院圍牆上的黑髮青年，將外頭的紛爭全數盡收眼底，搖了搖手中的銀白色摺扇後，感到棘手似的，用扇面拍了拍額頭。

「糟糕了，現在是怎樣的狀況？」

他忍不住長嘆口氣，從懷中拿出一隻摺好的紙鶴，對著它呼了口氣。

紙鶴像是被青年賦予了生命，拍了拍翅膀，僵硬地飛了起來。

「去把這裡的狀況跟……唔。」青年手抵著下巴，煩惱著該要通知誰這裡所發生的狀況，「啊，算了，先通知那傢伙，告訴他，他的同伴被帶走了。」

青年揮手，紙鶴振翅飛離後，他忍不住朝龍夜和疑雁以及獵人消失的地方瞥去，眉頭重重地壓下，眸中透出些許的深沉。

「黑暗獵人怎麼知道他們要離開學院執行任務？消息傳遞的太快了，剛出學院門口就被綁走，難道有內奸？這麼說起來……」青年手中的摺扇啪的收起，他從圍牆上跳下，「學院的心靈結界開始不可靠了？」

他拂了拂下巴，決定先離開這裡，再慢慢查驗這個疑問。

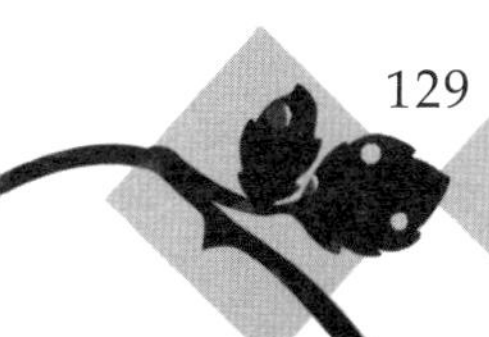

chapter 05 遺跡異變

眼前一片黑暗，雙眼重新聚焦，可以看清眼前時，一陣暈眩襲來，疑雁忍住因傳送而生出的嘔吐慾望，艱難地吐出問句。

「這、這裡是什麼地方？對了，冰狼……」

疑雁忍著不舒服的感覺，到處張望找尋他的寵物，當他看到身旁的小狼發出疑惑的嗚聲，他才鬆了口氣。

可能是一直擔心自己的寵物，所以沒有注意周圍的餘力，他這時才發現龍夜在他的後方，掩著嘴，臉色刷白，神情顯得十分痛苦。

「夜師父，你還好吧？」

改變傳送陣的人明明是龍夜，怎麼看起來比他還要慘？

「我、我還好……」龍夜忍著想吐的慾望，搖頭。只是搗亂傳送法陣的路線而已，他沒想到的是，突然改變路線造成的傳送震盪居然會大成這樣，以他現在的狀態，就算馬上昏倒也很正常。

太恐怖了，他以後絕對不會做出改變傳送路徑的蠢事。

龍夜心神未定，就聽到某人的聲音幽幽傳來。

『臭、臭小鬼，你這是謀殺親兄。』暮朔發出要死不活的聲音，『下次你要干預傳送法陣時，提前說一聲，免得真的害死我。』

他是寄住的靈魂，沒有肉體可以震盪，差點被整個震散了。

此時的暮朔，非常想將龍夜拉進心靈空間暴打一頓，要不是大敵當前，他無法貿然做出這種危險行為，不然他肯定是動手不動口。

疑雁緩了緩氣息，不舒服的感覺消退不少，這才注意到龍夜臉色蒼白，「夜師父，你身體出問題了嗎？」

「沒、沒有，嗚嗚，暮朔生氣了。」龍夜雙手掩著臉，悲壯地說。

疑雁頓時無語，不知道該不該對龍夜說節哀順變。

另外，疑雁有注意到，他們來到一處空地，而附近的住家門窗緊閉，街道上也看不到有人外出走動，抬頭看看天色，忍不住質疑。

現在是下午而已，怎麼路上沒有人在走動？

疑雁嗅出不對勁的氣氛，「夜師父，我們要不要先離開這裡？」

「沒意見。」龍夜點點頭。

他不知道傳送陣的位置偏移了多少，最好是能跑多遠就跑多遠。

龍夜看了看附近，這裡是他沒見過的地方，還好離開學院前，有從室友的書堆裡拿了一本地圖，只要翻找一下，應該可以找到目前的位置。

當他要拿出放在收納袋的地圖時，一股莫名的力量忽然襲來。

龍夜猛地轉頭，還來不及看清是誰攻擊，就聽到了暮朔焦急的聲音。

『小鬼，你傻站在原地做什麼，還不快一點跳開……唔！』

龍夜聽到暮朔罵人的嗓音，變成了悶哼聲，讓他嚇了一大跳。

「暮、暮朔？」

龍夜試著叫了一聲，卻沒有回應，他緊張了，正要大喊。

疑雁拉了他一下，發出戒備的嗓音，「夜師父，看那邊。」

龍夜順著疑雁的嗓音和動作，望了過去。

身穿黑袍的黑暗獵人與身穿祭司袍裝的男子，站在離他們稍遠的地方。

「還好沒有偏離太遠，一下子就找到了。」黑暗獵人鬆了口氣。

只是他身旁的祭司卻眉頭深鎖，沒有發出一句話。

他的目光緊盯著龍夜，卻有滿腹的疑問。為什麼這名少年沒有倒下？他明明攻擊了少年的靈魂，為什麼少年一副沒事的樣子站在那裡？

「唉，好無聊，沒有事情可以做。」

下午，楓林學院雲華館內，茲克校長在他的校長室內左手撥弄著疊起的文件，右手戳弄著桌上的羽毛筆，發出極為老套的抱怨。

剛好走入校長室的魔法院院長艾米緹見狀，毫不客氣地將手中的一大疊文件，重重砸落到桌上。

「校長，你要是無聊的話，就幫個忙，動手把這些文件處理了。」

艾米緹的口氣沒有半分的尊敬，她站在桌前雙手扠腰，等著校長開工。

茲克校長馬上停止抱怨的認真搖頭，「我有重要的事要做。」

他打開辦公桌的抽屜，假裝在找重要物品的忙亂翻動著。

艾米緹身體向前微傾，看著校長的手像是在摸空氣般，只是在抽屜上方搖來晃去的舉動，「哦？重要的事？校長，你的事情需要我幫忙嗎？」

茲克校長抬起頭，一本正經的擺手道：「不需要，我可以處理。」

「噢，校長，我有一份文件比你的事情還要重要，你可以先處理一下嗎？」艾米緹像是想到什麼，站直了身體。

「很重要？」校長看著艾米緹的雙眸，從那雙酒紅色的眸中，可以看出她不是開玩笑的，「好吧，是哪件？」

「就第一份文件。」

艾米緹話剛說完，就聽到有人進入的腳步聲，轉過頭，發現進入校長室的人是武鬥院的院長，對他揮了揮手。

「拉莫非你忙完啦！」

拉莫非轉動綠眸，對艾米緹點頭示意，然後來到校長的辦公桌前，「校長，我這裡有個急件要請你處理。」

「去、去，不要插隊。」艾米緹聞言，趕狗似的，抬手做出驅趕的動作，「我比你還要先到，你要照順序排隊。」

話是這麼說，拉莫非還是假裝沒有聽到，從褲子口袋裡拿出一張折疊過的文件，將它攤平，放在校長的桌上。

「校長，你先看一下這個。」

「拉莫非，你插隊了。」艾米緹不滿的大叫。

「沒有什麼插隊不插隊的。」拉莫非皺眉，朝桌上那一疊文件裡的頭一份指了指，「明明就是同一件事的後續報告，有必要分嗎？」

瞬間，艾米緹啞口無言，她輕咳一聲，尷尬的推了推眼鏡。

「所以，這件事，請校長你儘快處理一下。」

茲克校長沒有回答，無視艾米緹和拉莫非催促的目光，彈指在桌上變出茶具，他拿起瓷器茶杯，杯內裝著八分滿的紅茶，裊裊白煙從杯中飄出，他輕啜一口茶，以極為悠閒的姿勢放回杯盤上。

看校長的悠哉模樣，讓兩位院長非常想聯手暴動。

好不容易，他們等到校長喝完茶，在想他終於要看文件了，偏偏校長接下來的動作卻不是他們所想的，而是遠眺窗外的風景。

這個動作一做出，艾米緹輕推了一下眼鏡，閉上雙眼，深深吸了口氣——

「校長，你休息夠了沒，可以處理公事了嗎？」她憤怒大吼。

校長被這吼聲嚇到閉上雙眼，雙手迅速摀住雙耳，確定艾米緹沒有繼續吼下去，這才將手放了下來。

「嘖，讓我休息一下又不會怎樣。」校長不滿的將目光移到桌上文件。

他將艾米緹和拉莫非所指定的文件拿起來看，看到某個關鍵字，忍不住皺眉道：「遺跡出事了？」

他看了看拉莫非的文件，上面寫的時間是四天前，艾米緹的是一個月前。

看到這兩種截然不同的時間，校長懷疑地看著他的院長們。

「這個時間差……我是看錯了嗎？」

「沒看錯，校長。」艾米緹解釋著：「遺跡最近這一個月很不寧靜，有大大小小的襲擊事件發生，雖然我們有收到通知，也有派人協助處理，但這幾天，卻又發生了嚴重事件。」

「遺跡出現一隻雷獸。」拉莫非接著說：「那隻雷獸大概是受到了刺激，一見人就攻擊，所以前些日子派了幾名武鬥院的院生去鎮壓，可惜效果不彰。」

茲克校長看著手中的兩份文件，沉思了一會，「你們有決定了？」

「是的。」拉莫非點頭，「為了以防萬一，請校長給予權限，只要在遺跡內發現其他人，就讓參與行動的院生立刻將他們驅離，免得被雷獸攻擊。」

「嗯，應該的，安全至上。」茲克校長同意了。

艾米緹補充道：「確定遺跡暫時封閉，禁止進入後，會派遣兩名A班的魔法院和武鬥院院生追擊雷獸，以免牠竄逃出來。」

「嗯？」校長抓出了語病，「之前不是派了一些人過去，卻效果不好嗎？怎麼這次只需要派兩名？」

艾米緹絕對不會說是她故意在考驗院生，「感覺是一個小事件嘛，所以之前派的都是C和D班的院生，誰知道雷獸這麼難纏。」

「所以這次派出A班的院生，兩名應該足夠。」拉莫非補充。

「你們說沒問題就沒問題，人選交給你們決定。」

既然兩位院長覺得這樣的處理很妥當，茲克校長也不再過問，他從抽屜內拿出印章，在文件上蓋了一個大大的戳印，再交還給他們。

「好的，校長。」武鬥院院長和魔法院院長同時回答。

「那麼，我們先去處理這個急件了。」拉莫非說完，先離開了校長室。

艾米緹要走之前，不忘朝桌面一指，「校長，不要忘了那些文件。」

說完，她才匆匆去追已經離開的拉莫非。

茲克校長將目光移到桌上的那一疊文件，閉上眼，沉默了很久，等到他重新睜眼時，呼喚著祕書的名字。

「闇夜。」

「什麼事，校長？」闇夜倏地現身，出現在校長的眼前。

「桌上這些文件，交給你處理了。」

「知道了，校長。」闇夜點頭，將桌上文件拿起。

闇夜看校長沒有其他事要交代了，轉身離開時，他發現門口多了兩個人，那是一名紅髮青年和黑髮少年，他和他們擦身而過。

一股莫名的睡意襲來，昏昏沉沉的讓人很想倒頭就睡。

暮朔掙扎著不要昏睡過去，此時，他透過龍夜的雙眼，看到與黑暗獵人的同路人是祭司，而且祭司還露出凝重的神情，大概可以確定，適才的攻擊是祭司釋放出來的。

這應該是專門用來攻擊靈魂的吧？暮朔心想著。

因為受到攻擊的龍夜毫髮無傷，卻是寄居在龍夜身上的靈魂，也就是他受到損傷，由此可知這種攻擊是如何的富有「針對性」。

現在的他很累、很累，靈魂的損傷讓他準備自動強制進入睡眠狀態，到時候，外頭發生什麼事，他會無法得知。

雖然很可惜，他不能看龍夜在沒有龍月幫忙下，靠自己進行任務，但換個角度想，龍夜也沒辦法因為有他陪著就想依賴他。

這樣也好，從根本上來逼迫龍夜放棄依賴別人，是件好事。

暮朔放心不少的闔上眼，希望他睡醒時，龍夜的任務就已經完成了。

在他正要進入沉睡狀態時，一道訊息硬生生地傳了進來。

那是校長的通訊訊號，不能拒接的。

暮朔強打住睡意，將訊號打開，對校長發出訊息。

『什麼事？我在忙，有話快說。』他快睡著了，不得不直接點。

「龍夜，有突發狀況，通知你一下。」

校長那邊似乎也很急？

「遺跡那邊出了問題，我們要派人處理，遺跡的道路會派人封閉住。」

暮朔聞言，精神忽然振奮了幾分，『不行，我們即將抵達了，所以你改為通知那邊的人，到時放我們通過，否則你別想拿到你要的東西。』

他才不會讓這個任務臨時中止，好不容易才遇到一次讓龍夜提前適應沒有自己陪伴、跟隨的局面，任務一定要繼續。

只是，校長會特地聯絡，是為了避免與在遺跡處理事情的院生起衝突吧！

這點不錯，這隻老狐狸愛鬧是一回事，不會讓院生隨便內鬥就好。

暮朔稍微因此對校長老頭放鬆幾分戒備，相信這次的任務應該不要緊。

「嗯，我會另外派人通知，讓你們通過。」校長又說：「如果你的工作處理完了，那邊院生的工作沒有完成，你可以順手處理一下？」

『算第二項任務？』暮朔迷濛著視線追問。

「不算，但是會有任務獎勵。」校長那邊傳來了忿忿拍桌聲。

『哦，到時候再說，我不保證會幫忙。』

又整到對方的暮朔，切斷與校長的聯繫後，發出無聲的輕笑。

想順手利用他一下，那就活該被自己順著話噎一下。

誰叫校長老是想把別人當免費勞動力使用，一點任務獎勵哪能打動他！

再說，他不是龍夜，就算校長通知他也沒有用，因為，他不會把這件事告知龍夜，就當作是順便考驗一下龍夜的應變能力。

這次是真的沒有自己陪著，他的弟弟龍夜會做出什麼反應呢？

暮朔一邊猜想著，一邊把外界的聲音排除，最後陷入了沉睡。

雲華館校長室，紅髮青年和黑髮少年併肩而立的擋住了門口。

茲克校長一臉疑惑地呆坐在椅子上，對方神色不善啊！

可是自己把該處理的文件都丟給祕書闇夜了，按他的處理速度，應該沒拖到什麼重要的大事，值得讓紅髮青年來找他催促。

事實上，就算闇夜速度不夠快，他也不記得有事會跟紅髮青年有牽扯。

那麼是跟龍夜有關的事？遺跡的事他明明才用通訊魔法連絡過的。

怎麼該做的事全做完了，龍夜的同伴卻突然出現在這裡？

「有什麼事嗎？」校長難得嚴肅。

「校長，你欠我一個解釋。」

龍緋煉直直走到校長的辦公桌前，雖然他的雙眼如火一樣紅，但周圍散發出莫名的冷意，讓校長嗅出一絲的不對勁。

「什麼解釋？」校長一臉的無辜，他想不起自己什麼事忘了做。

「我的同伴一出學院就被光明教會襲擊。」龍緋煉雙手環起，毫不客氣。

「你們也知道學院進出的門口只有一個，如果有人想要找你們麻煩，只要在門口等著就行，這是十分稀鬆平常的事情吧？」校長說到這裡，頓了一下，想起方才通訊時，龍夜說他在忙，原來是被人襲擊了呀！

「我很清楚，我還知道護衛隊會固定在校外巡視，所以這類的狀況是少之又少。」龍緋煉冷言道：「重點是對方提到『任務』，他們十分確定我們會出去。校長，今天才收到的任務，教會那邊怎麼會知道？」

龍緋煉原本要帶著龍月去搜集材料，卻看到一隻化成鳥的紙鶴朝他飛來，通知他龍夜和疑雁被光明教會襲擊，而且對方提到了學院任務。

他瞬間明白，學院洩漏了他們的情報，所以，他才將原計畫打住，直接來雲華館找校長理論。

只是他一來，讀取校長的心聲時，卻發現，這個老頭根本不知道這件事。

果然，他一說完，校長就驚訝的跳起身大喊。

「怎麼可能？學院有結界，學院內的情報是不可能外洩的。」

龍緋煉嗤了一聲，才道：「你是指門口的心靈結界？那個結界是由學院內部人員合力製作的，進行的人多了，當然有人可以洩漏情報。」

「不可能。心靈結界之外，還有一個預防結界，只要有人做出疑似對學院院生不利的事情，全學院的護衛隊，和其他各地區的管理員都會收到消息。」

校長說的信誓旦旦，不認為那是他們的責任。

龍月口不擇言的猜測，「難道結界不會出問題？」

「不可能。」茲克校長很有信心，「知道有預防結界的只有學院高層。」

「然後？」龍緋煉對所謂的預防結界感興趣。

「如果心靈結界被突破，預防結界會立刻有反應，而想要突破預防結界，心靈結界就會有反應，這兩個結界是相輔相成的。除此之外，兩個結界不止可以阻擋、竊聽各種通訊魔法，還可以檢驗通過者的心思，一旦有不利於學院的念頭，會立即通知學院。」

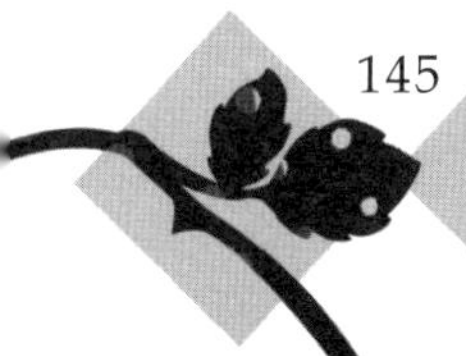

茲克校長見紅髮青年稍微放低姿態，也就把內幕全部說了出來。

聽起來兩個結界很互補，功用也很健全，似乎沒什麼漏洞可鑽。

龍月心急的想說什麼，卻被龍緋煉制止。

「心靈結界不見得就是萬能的，有些通訊魔法應該擋不住？」

「不會，學院內部流通的通訊魔法，只能院生對院生使用，這一開始就有限定，另外還有別的結界使得學院內無法與外人以通訊魔法交談。」

第三者的聲音忽然出現，太過專注於對話的龍月嚇了一跳，朝傳來聲音的地方看去，發現校長室門口走進了一名有著黑色長髮的青年。

「格里亞，你不去工作，來這裡幹什麼？」校長見到來人，愣了一下。

「你好，我叫風·格里亞，學院護衛隊的隊長，請多多指教。」

格里亞注意到龍月疑惑的視線，先跟他介紹自己，才準備說正事，「校長，我要正式通知你，有人滲入學院，將情報帶了出去。」

「怎麼可能？」茲克校長不相信，「你有查出來是誰做的？」

格里亞搖了搖頭，「目前還沒有查出來，我會派護衛隊詳細檢查結界，看看是不是有

人對結界動手腳。」

「嗯。」校長隱約感覺到他的頭在疼了，「查出來後，馬上通知我。」

「沒問題。」格里亞與校長保證道：「為了學院的名譽，這件事我一定會查個水落石出。」

然後，格里亞目光一轉，看向龍緋煉，「這位先生，我們會給你一個合理的解釋，請先消氣，靜待我們的通知。嗯，另外一位應該也沒問題？」

龍月點頭，表示他可以接受。

只是，他沒想到楓林學院內居然有心靈結界這個東西，難怪他每次進出學院時，都會有一種奇怪的感覺。

他暗自朝校長瞥了一眼，如果結界是真的有用，那麼他們、全學院的院生不就沒有祕密，自己的一切都被學院看得一清二楚？

「放心。」格里亞看出龍月的疑惑，對他說道：「學院的心靈結界只會窺視你進入和離開的意圖，不會看得太過仔細。」

龍月懷疑地看著格里亞，誰知道他說的是真是假。不過，那些事都不重要，現在最重要的是據說被襲擊的另外兩個人，他湊近龍緋煉後小聲的開口。

「緋煉大人，事情變成這樣，那夜他們……他們應該沒問題吧？」

對於教會的襲擊，龍月有點擔心龍夜和疑雁。

「就算要救人，我們也不需要去，這次是學院捅出的婁子，他們會想辦法。」龍緋煉接著又說：「這件事當做給小鬼們的考驗，你不需要擔心。」

「的確，這件事我們會解決，你的同伴由我們去找。」

格里亞做完保證，又看了龍緋煉和龍月一眼，「另外，在事情水落石出之前，你們有狀況，隨時可以找我們。當然，你們想要離開學院，卻擔心被襲擊的話，要找保鑣也沒問題，我會派人過去。」

龍月對於教會有備而來，卻苦於龍緋煉沒有救人的打算，自己也沒辦法確定龍夜他們是否沒事，一想到這是學院的疏失所造成的，就一肚子氣。

「如果我的同伴出事……」

龍月的話尚未說完就被格里亞截斷，「放心，我會派人去找他們，並將他們帶回學院。」

「不需要。」龍緋煉乾脆的拒絕，「要是出了事，我們會自己想辦法。」

說完，他拖著還有話想說的龍月，離開了校長室。

格里亞看著龍緋煉和龍月疑似氣急敗壞的離開，苦惱的回頭。

「校長，該怎麼辦？」

「怎麼辦？」校長揚聲道：「還不快一點去調查？」

「是。」格里亞嘴角噙著笑，含糊回答。接著，他離開了校長室。

校長室就剩下他自己，茲克校長揉了揉額角，頭痛地想接下來該怎麼處理。

自己前頭才口口聲聲的說結界沒問題，怎麼後頭就證明結界出錯？

難道是太久沒有人挑釁學院，學院安逸太久就給人可趁之機？

這下子，總覺得等到那個麻煩院生「龍夜」回來，又要被打劫了。

被人阻擋了去路，加上一直呼喊暮朔，都沒有回音，龍夜十分緊張。

獵人與祭司正步步進逼，情況十分危急。

疑雁和龍夜沒有原地等死的打算，正一步步向後退開。

「夜師父，你還是很不舒服嗎？」疑雁突然發現龍夜額頭上全是汗。

龍夜用力搖頭，低聲道：「暮、暮朔他突然不回我的話，好像出事了。」

「怎麼了？」聽到這話，疑雁嚇到了。

「那個祭司對我發出古怪的攻擊，暮朔要我躲開，接著就、就沒聲音了。」

龍夜將目光移到祭司身上，從他身上的散發出來的氣息波動判斷，剛才攻擊他的人應該是這名白袍祭司。

「知道了。」疑雁回答，「總之，我們要先留下他們，再好好逼問一番，才能知道暮朔師父是被怎樣的招數擊中。」

語落，疑雁雙手一捏，變出了兩把藍色的雙劍。

「黑暗獵人交給我，那名祭司就交給夜師父吧，走了，冰狼。」

疑雁隨著呼喚聲，吹了口哨音，身旁的雪白色小狼身形突然拔高，變成與他等高的模樣，張開銳利的爪子，朝黑暗獵人的方向奔襲而去。

龍夜趁黑暗獵人躲避冰狼的攻擊，握穩手上的木杖，再拿出符紙。

「風呀，化為攻擊的利刃，風鐮咒。」

符紙泛起青芒後，他抛出符紙，木杖向上一揮，捲起狂風，降下風之刃。

祭司見狀，轉動手中的書，書驟然打開，散發出白色的光芒，在他的周圍做出一個白色的防禦結界。

天上的風之刃墜下，全數被祭司的結界給抵銷掉。

「神說對於祭司，是不能粗暴攻擊的。」祭司搖頭嘆息。

龍夜見攻擊沒效，轉換另一個攻擊方式，手中的木杖一指，變出一條白色的絲線，直直朝祭司扔去。

沒想到祭司不痛不癢的輕輕鬆鬆躲過攻擊，在原地兜圈。

龍夜無視自己的攻擊是否有效，一邊移動位置，一邊朝祭司抛出絲線。

祭司一邊躲、一邊注意龍夜的動作，他一直在思考先前的攻擊為什麼會無效，那可是他所學的神術裡，唯一一個可以造成對手傷害的招式。

當靈魂攻擊都失效了，還有什麼攻擊手段能用？

祭司無奈的對自己不斷使用輔助神術，躲避著少年的攻擊，好等到黑暗獵人將他的對手處理完畢，再來處理這名少年。

只是他不明白，少年明知道自己的攻擊無效，為什麼還不放棄？

等到祭司想通龍夜的意圖時，敵方的攻勢已經完成。

龍夜對著祭司拋出第十條線，他馬上往前跑，並大喊：「結界發動。」

祭司來不及反應之下，十條絲線往內緊縮，將他緊緊束縛住。

「糟糕！」祭司掙脫不開的扭動著，卻想不到如何應對。

龍夜早已趁機跑到他的身旁，手中的木杖用力一揮，狠狠朝祭司的頭部落下，一擊就讓祭司重重的向前傾倒。

「哦？解決了？」疑雁的輕飄飄聲音傳來。

龍夜回過頭，訝異的看著已經完工的疑雁，「獵人呢？」

「在冰狼的肚子裡。」疑雁輕鬆的回答。

龍夜聽到後，反射性低頭看著在疑雁身旁，晃動著尾巴的雪白色小狼，瞬間不知道該回答什麼才好。

疑雁沒有注意到龍夜的心情，目光一轉，玩味地看著被五花大綁的祭司，「夜師父，

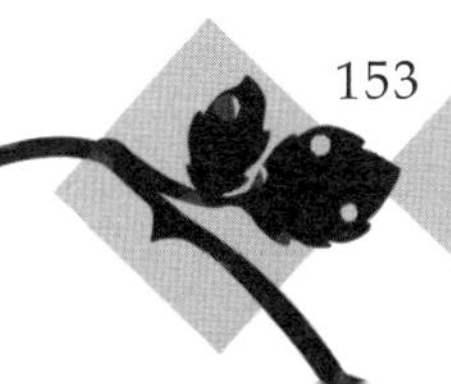

你把他弄昏了，那話要怎麼問？」

龍夜苦惱的皺眉，「我是想，我又不會拷問，一定問不出來。」

「你打算回學院，交給緋煉大人處理？」

「不、不、不！」龍夜聽到某個關鍵名字，驚恐地揮手大喊：「如果任務沒完成就回去，緋煉大人會殺了我的。」

疑雁點頭，還好龍夜沒打算中途折回去，不然還要想法子說服他繼續。

「那你打算怎麼辦？」

「唔，我打算這樣做。」龍夜拿出一張黃色符紙，朝祭司頭上一貼。

昏迷的祭司猛地睜開眼，但雙眸沒有聚焦，愣愣地凝視前方。

「催眠符應該有用？來試著問問看。」龍夜不太有信心的說。

「那就開始吧！」疑雁退到一邊。

「我問你，你一來到這裡，就對我用了什麼攻擊？」龍夜直撲主題。

「心靈消除，這是祭司唯一的針對性攻擊神術。」

可能是被催眠的關係，祭司的回答有些刻板。

心靈消除？龍夜沒學過這個，光聽名字不明白效果。

「心靈消除有什麼樣的攻擊威力？」

「那是針對人的心靈，也就是靈魂的攻擊，再怎麼防禦也沒有用，只要被攻擊擊中，靈魂會立刻受到傷害。」

龍夜聞言，錯愕地睜大眼睛。

沒想到事情這麼嚴重，靈魂攻擊，難怪暮朔一直不回話。

龍夜開始煩惱，該不該馬上回去找龍緋煉幫忙救暮朔？

「夜師父，別忘記你說的。」疑雁在龍夜的耳旁低喃著，「任務優先，我們得等到任務完成後，再想辦法處理暮朔師父的事情。」

疑雁怕龍夜此時沒有做任務的心思，對祭司問道：「靈魂受傷會怎樣？」

「昏迷、神智不清、失憶，什麼可能都有。」祭司接著又說：「只是我不明白，為什麼會沒有效？明明有打中！」

疑雁伸手將祭司頭上的符紙一撕，祭司眼睛一閉，朝旁邊重重倒下。

「夜師父，從他說的話判斷，暮朔師父應該是昏迷了，我們先完成任務，再回去找緋煉大人處理。」

「可是……」

龍夜猶豫了，要他不理會暮朔，直接處理任務，太難。

疑雁見狀，嘆道：「不然，我回學院通知緋煉大人，你去執行任務？」

「什、什麼？」龍夜錯愕大喊，他有沒有聽錯！

「不然你打算怎麼辦？要先完成任務，你很猶豫；不完成指定任務，不止是你，可能我也會被緋煉大人殺了。那不如折衷一下，你去完成任務，我去回報暮朔師父的狀況，讓緋煉大人思考處理方式，不是很好？」

「這樣啊！」龍夜遲疑的思考著。

「不然呢？我去處理任務，你去回報？真是這樣，套一句你說的，緋煉大人會殺了你的，他都說了那是你的指定任務。」

疑雁對龍夜擺了擺手，「就這麼決定，夜師父，我們分頭進行，等到你將任務處理完畢，回到學院，或許我們這邊已經想到救人的方法，不是嗎？」

龍夜想了想，擔心暮朔的心情終於壓倒了怕事的依賴習慣。

「我、我知道了，任務交給我處理，暮朔的事情，就麻煩你通知了。」

「知道，你不用擔心。」疑雁臨走前，又提醒了一句，「這個祭司就看你要怎麼處理了，那我先回去，請你保重，夜師父。」

疑雁說完，和冰狼一起離開。

龍夜看著昏迷的白袍祭司，搔了搔臉頰，不知道該怎麼處理。

「算了，我還是趕快把任務完成，回去學院把暮朔救醒。」

他可沒有殺人的嗜好，還是把祭司留在這裡自生自滅好了。

再說時間寶貴，與其把時間花在殺人上，不如花在處理任務上，說不定越快回去，對暮朔的損傷越少，他難得可以幫到哥哥大人，一定要加油！

懷著想要幫助暮朔的想法，龍夜拿出書本地圖，開始奔跑。

當他離開不久，一陣風吹來，黑髮青年出現在龍夜方才所在的地方。

「哎呀，解決啦！」

風．格里亞彎腰看著倒在地上，被五花大綁的祭司，瞇起黑色的雙瞳，舉手打了個清脆響指。

聲音一落，兩名身穿學院護衛隊制服的人，驀地現身。

「把這個人帶回學院。」格里亞命令一出。

兩名男子將祭司架起，其中一人提醒道：「隊長，他是光明教會的祭司。」

「容易引來教會的注意啊，隊長。」另外一人又說。

「嗯……」格里亞皺眉，看了看附近，對兩名護衛隊的隊員說道：「好吧，把他拖到暗巷去。」

既然帶入楓林學院內會太明顯，就暫時把祭司拖到暗巷關著吧！

「好！」兩名隊員一起點頭。

一小段時間後，他們和格里亞就一同進入學院附近的巷弄之中。

chapter 06 迷路

學院宿舍的旁邊，有一整排的楓樹。

茂盛的火紅楓樹下面，擺放著供院生乘涼的樸素古銅色桌椅。

龍緋煉和龍月兩人離開雲華館，上了階梯，來到學院宿舍的門口。他們沒有直接往宿舍裡面走去，而是來到樹下的乘涼區。

龍月一直默默跟隨龍緋煉，等到他挑了一個角落的位置坐下休息，才忍不住開口，「緋煉大人，你會不會太相信校長和護衛隊的人？」

龍緋煉淡淡地看了龍月一眼，「對他們放心很奇怪嗎？」

「不太像您會做的事情。」

「嗯，說的沒錯。」龍緋煉不否認。

「那你還讓他們負責處理？」龍月對於這位大人的心思，總是看不透。

「龍月，你有什麼問題，就等小鬼二號說完再說。」

龍月聽到後，納悶了一下。

小鬼二號？那不是緋煉大人喊疑雁時所用的稱呼嗎？

目前他與龍夜被教會襲擊，狀況未明，怎麼會在這時候出現？

正當龍月還在揣摩龍緋煉話中的意思，他的後方傳來了淡淡的嗓音。

「嗯，可以先讓我坐下休息，再回報嗎？」

龍月回頭，發現疑雁就在他的身後站著，微微喘息，似乎極累。

「你回來了？」龍月轉過身，瞇起雙眸，「夜呢？他沒一起回來？」

「回來的只有我，夜師父在前往遺跡的路上，要等任務完成才會回來。」疑雁一坐下來，就說出重點，「我和夜師父被光明教會攻擊了。」

龍月翻了翻白眼，「我們早知道了，而且為了這件事，校長還派護衛隊去找你們，我還在想要不要出去救你們，結果你就回來了。」

話雖如此，龍月挺想問疑雁，為什麼要讓龍夜一人處理學院任務，原本是兩人進行的任務，瞬間變成了一個人。

要說他不擔心龍夜，那是騙人的。

一旁聽著龍月和疑雁對話的龍緋煉，瞥了疑雁一眼，「暮朔受傷了？」

雖然是疑問句，實際上，是肯定的語氣。

龍月不信的看著疑雁，納悶地問：「暮朔他怎麼了？」

疑雁先是看了看龍緋煉，再朝龍月望去，最後點頭。

「祭司的心靈攻擊擊中夜師父後，卻是暮朔師父受傷。夜師父說，暮朔師父一直沒有回應，所以我和夜師父猜測，暮朔師父大概是昏迷了，不知道暮朔師父會睡多久、會不會有危險，夜師父就讓我先回來通知。」

疑雁的回答，讓龍緋煉的眉頭緊鎖。龍夜和疑雁出去執行任務，被教會偷襲就算了，沒想到他們兩人沒事，反倒是暮朔出了問題。

他看著疑雁，暗自讀起對方的思緒，當他翻出所謂祭司的心靈攻擊，是指針對靈魂的攻擊性神術時，突然有棘手的感覺。

靈魂攻擊，這是無法防備的攻擊。

暮朔受傷了，也得等到龍夜回來，才可以知道情況是否嚴重。

「暮朔昏迷？」

相較於陷入思考的龍緋煉，龍月震驚地低喊著。

他沒想到，只有靈魂的暮朔，居然也會有受傷昏迷的時候。

「你們不是被教會襲擊，他們呢？」龍月又問。

「獵人被冰狼吃掉了，祭司還活著，我沒有把他帶過來。」

吃掉呀——龍月看著搖晃尾巴的雪白色小狼，情緒複雜。

「那你為什麼不把祭司帶回來？少了他，想幫暮朔也幫不了。」

龍月頭痛的低喃著，然後對龍緋煉問道：「緋煉大人，我們要不要去找那位祭司？」

俗話說，解鈴還需繫鈴人，龍月認為，要解決暮朔的問題，應該直接問那位祭司會比較快，想到這裡，他納悶地看了疑雁一眼。

暮朔受了傷且沒有回應，為什麼龍夜沒有回來，而是繼續處理任務？

「所以，你回來的目的，是要通報這件事？」龍月問。

疑雁點點頭回應，這動作讓龍月露出思考的模樣。

「那麼，疑雁，你通報完之後會回去和夜一起處理任務？」

「不會，繼續待在這裡。」疑雁搖頭。

頓時，龍月啞口無言。

他看疑雁輕鬆地坐著休息，沒有回去找龍夜的打算，內心裡，突然有一種奇怪的想法。

疑雁是因為龍緋煉而與龍夜一起行動，現在他回來不走，一定是有人告訴他要這麼做，而那個人就是……

「緋煉大人？」龍月偏頭看去。

龍緋煉沒有隱瞞的打算，「你想的沒錯，是我叫疑雁回來的。」

「果然。」龍月嘆口氣，「緋煉大人想讓夜獨自處理任務？」

龍緋煉點頭，「沒錯，就算沒有教會，他們進入遺跡之後，疑雁小鬼必定會找理由離開，最後只留下龍夜小鬼獨自面對這個任務。」

「你這樣太狠了。」

龍月失態的大喊，「你讓疑雁和他一起處理任務就算了，為什麼要放他獨自進行？緋煉大人，這個學院任務對你來說很簡單，但對於夜來說，這個『簡單任務』，沒辦法簡單處理！」

龍月這聲叫喊，疑雁也很認同。

在學院餐廳時，龍緋煉告訴他這項計畫時，他還嚇了一跳。他們對這世界一點都不熟悉，兩個人結伴處理任務，他並不覺得不妥。只是，一想到最後要將龍夜一人丟在遺跡裡，讓龍夜自己面對之後的事，倒是讓疑雁猶豫了很久。

要不是暮朔受傷昏迷的事很嚴重，他也下不了決心趕回來。

「緋煉大人，這真的是要給夜的歷練嗎？」龍月微怒地說：「這一次的歷練作業，完全超過指導者該給予歷練者的任務界線，我敢保證，就算是我的指導者在這裡，他也不會做出拋棄歷練者，放任他處理危險任務的事情！」

「每一位指導者的作風不同，如果你看不下去，你可以離開。」龍緋煉無視龍月的怒吼，輕鬆地說。

「好！那我去找夜。」龍月說完，轉身正要去找龍夜。

龍緋煉淡淡地瞟了龍月一眼，「等等。」

龍月回過頭，心急的看著龍緋煉，「緋煉大人，如果沒有什麼重要的事，我現在就要離開。」

龍緋煉淡淡地說：「你聽不懂我的意思嗎？」

「你的意思不就是要我自己離開，去幫助夜？」

「不。」龍緋煉吐出讓龍月錯愕的話，「離開，是要你離開水世界。」

「我是隨行者，我不需要被你的命令束縛。」龍月堅決地說。

「我是指導者，我有權力將干擾我的歷練者歷練的人驅離此地。」

龍月聞言，氣急的用力甩手，狠狠瞪了龍緋煉一眼。

「如果夜出了事，我不管你是族長還是指導者，我一定不會善罷甘休。」

「關心則亂，你不需要緊張。」龍緋煉輕鬆的說：「我有放式神觀察龍夜，不需要替他擔多餘的心。」

龍月不滿的批評著，「緋煉大人，我已經不知道，你這是在訓練夜，還是要謀殺他了。」

疑雁一直靜靜看著兩名龍族的人在歷練一事上針鋒相對，他聽到龍月這句話後，認同地說：「我也覺得緋煉大人不太像是在訓練，而是要害他。」

「為什麼？」龍緋煉笑著詢問。

「呃！」看龍緋煉突然對自己笑，疑雁嚇到了，「依照我族對龍族的了解，歷練是指導者和歷練者在慢慢教導學習中成長的過程，但從你的做法來看，不像是要他歷練，而是要放任他自生自滅。」

對於疑雁的回答，龍緋煉不否認，「嗯，如果他沒有本事跨過眼前的阻礙，他的歷練就該直接結束，也不需要繼續下去。」

聽到龍緋煉的答案，龍月發現眼前這個人很恐怖，這是什麼歷練！他之前的指導者都沒有他這麼狠。

「我說過，每一位的指導者作風都不同，我本身就不喜歡教導別人，我肯花費時間去制定龍夜的作業，他也該開心了。」龍緋煉淡淡地說。

「什麼意思？」不曉得是不是龍月的錯覺，他好像聽到什麼危險發言。

「哼，哪裡最危險，就把人往哪邊丟。」龍緋煉輕聲地說：「你不覺得，這種方式會讓人更快的成長嗎？」

「對不起，請讓我打斷一下。」疑雁看龍緋煉和龍月兩人的對話完全偏了，而且他已經從兩人的身上聞出火藥味來，不禁開口將話題拉回，緩和一下氣氛，「關於暮朔師父的問題，你們打算怎麼處理？」

「嗯，好問題。」龍緋煉指著疑雁，「在處理這件事之前，你去雲華館找茲克，告訴他，你要借人。」

「借誰？」疑雁問。

「風・格里亞。」龍緋煉公佈名字。

疑雁點頭，離開樹下的乘涼區，前往雲華館。

等到疑雁走遠，龍緋煉看不到他的身影時，才對龍月開口。

「嗯，我們說到哪？說到有關於龍夜的訓練問題吧？」

龍月懷疑的看著龍緋煉，當疑雁打斷他們時，談話就可以直接結束，他故意又提起這件事，是有什麼目的？

「從進入這裡到現在，龍夜的歷練，實際上是由暮朔自己決定歷練階段，當然，這一次也是。」

此話一出，龍月愣在原地。

「你說什麼？」他為了龍夜，直接以下犯上忤逆龍緋煉，結果到最後，幕後的兇手是暮朔？

「你應該知道，龍夜太過依賴人。他有你、有暮朔，就算沒有你，最差也會有暮朔。因為如此，龍夜從來不覺得他的歷練真的是歷練。」

「這麼說也沒錯。」龍月苦笑。

只要有暮朔在，龍夜根本不需要擔任何的心，當他遇到生命危險時，暮朔就算再不想出手，也會因為他是房客，不得不動手幫助龍夜。

「就因為這層原因，暮朔才會自己決定龍夜的歷練規劃。」

「這樣一來，因為他是負責規劃的人，歷練的難易度，可以自行拿捏。」說到這裡，龍月忍不住讚嘆，「真不愧是暮朔，連這點也想得到。」

「所以你一開始問說，我對校長和護衛隊太過放心？」龍緋煉把話題切回到原點，「你現在應該知道，我是對誰放心了吧？」

龍月的嘴角微微上扯，「對暮朔放心，是吧？」

任務的情報被教會知道算是個意外，但只要龍夜和疑雁將麻煩解決掉後，重新回到執行任務的步驟上，根本就不需要替他們擔心。

龍緋煉會去找校長理論，只是因為關於任務情報在當天就被教會得知，他感覺事有蹊蹺，這才去雲華館。

當問題解決了，校長所說的事後補償協助，他根本就沒有放在眼裡，反而是覺得很多餘，還不如給他們一點實質上的好處。

關心則亂。

這也難怪龍緋煉一直針對這點，諷刺著龍月。

如果龍月用平常的心態去注意龍緋煉的動作與說詞，一定可以明白，他當時的所作所為，不是沒有原因的。

龍月想到這裡，也知道是自己的錯，真誠地對龍緋煉鞠躬道歉。

「緋煉大人對不起，我不應該質疑你的做法。」

「嗯。」龍緋煉接受了龍月的道歉，他可以從他的口氣與心聲，可以確定龍月這次是心服口服，那過熱的腦袋也終於冷靜，這才緩緩開口。

「龍月，藉由這件事，我想要你答應我一件事。」

「什麼事？」龍月納悶地問。

「以後，我的決定，你不可以有異議，只要照辦就好。」

龍月愣了愣，「緋煉大人的話是說，今天的狀況還會發生？」

他想，這一次的衝突只是個意外，這一次的教訓，他以後應該不會再做出這麼失常的舉動才對。

只是，他這番話，龍緋煉不認為他會真的不會再犯。

「不然呢？只要你還關心龍夜，日後這種狀況應該還會發生。你要明白，你的擔憂本身就是多餘的，只會讓龍夜更加的想要依靠你。」

因為擔心，所以龍月一定會有所行動。

龍緋煉要的，是龍月對龍夜不聞不問，連基本的關心都必須捨棄。

「呃，這有點難。」龍月抓了抓頭髮，煩惱地說：「我是夜的朋友，基本上，做為朋友，我需要關心他的。」

「你這麼做，只會讓暮朔為難。」

說到這裡，龍緋煉沒有繼續說下去，將話題打住，因為宿舍內走出了幾名院生，他們往龍緋煉等人所在的地方走去，坐在附近的空座位。

龍非煉見狀，不悅地挑眉，「龍月，坐下。」

從疑雁回來到離開，龍月一直站著與龍緋煉說話。

命令一出，龍月馬上遵從，生怕自己慢了一秒，就被對方打到坐下。

這時，龍緋煉從袖中拿出一顆青石，放置在桌上。

「這是？」龍月狐疑地看著桌上石頭，「這東西有什麼作用？」

「結界符石，可以隔音，同時也具有防止竊聽的功能。」

防止竊聽？龍月不解地看著龍緋煉，隔音就算了，防竊聽應該不需要吧！又不是談什麼重要的事情。

龍緋煉看了看附近，用閒聊的語氣，對龍月問道：「對你來說，龍夜和暮朔的雙魂現象是什麼？」

「那不就是……」

龍月反射性地要回答，但是話說到一半，卻卡在嗓子眼，無法完全回答，他啊了好幾

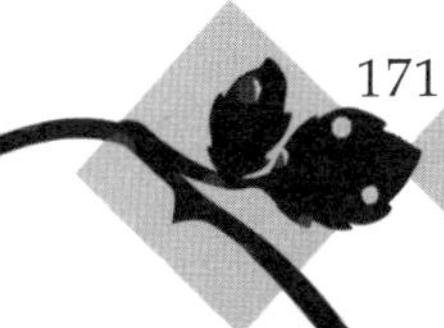

聲，赫然發現，其實，他根本不知道他們兄弟共用一個身體，到底是什麼狀況。

可能是習慣成自然吧？以前和龍夜初認識時，還不怎麼習慣，久了之後，原本的疑問也早就忘記了。

「我、我不知道。」龍月艱難地吐出回答。

不知道，這是龍月的真正答案。

「『一體雙魂』，其實，在龍夜的家族裡，也沒多少人知道。」

「略有耳聞。」龍月說：「夜說過，我是第一個知道的外人。」

「哼，那個沒心機的小鬼把這件事告訴你，暮朔沒殺你，算你走運。」

龍月聞言，只能苦笑帶過。

在與龍夜認識的時候，當他不小心發現龍夜這個祕密時，暮朔就警告過他，如果把這件事情說出去，他不會理會他是不是龍夜的朋友，一定會殺了他。

「緋煉大人，你怎麼突然想要說這件事？」

龍月感覺有些不對勁，疑雁走後，龍緋煉就把話題自動切換到龍夜和暮朔的身上，他看著桌上的青色石頭，這東西，是要防什麼人呢？

「談點私人的事情，多一點防備也好。」龍緋煉說。

「談誰？」龍月想了想，他對其他人都沒興趣，突然說要談私人事情，一時之間，腦袋暫時無法順利運轉。

「龍夜、暮朔，都有吧！我想要跟你談一些他們兄弟的事情。」

龍月伸手抵著下巴，注視著龍緋煉，「你是只想要跟我談暮朔吧？」

這一次連大人都不喊了，龍月其實對於龍緋煉一直偏向暮朔，幾近無視龍夜且對於龍夜過苛的事情不太贊成。

尤其前面的對話裡，龍緋煉還要求自己不要關心龍夜。

身為朋友連關心都不給，他們此時是在異世界啊，這對龍夜會是很大的打擊，這樣下去，不要說什麼歷練，一個不好，龍夜會崩潰吧？

更何況，做出這些殘酷歷練計劃的人，居然是暮朔。

龍夜知道後，會是什麼心情呢？

「什麼心情都無所謂。」龍緋煉哼聲，聽完龍月的連番心聲抱怨，他只用平淡的口吻說：「再過沒多久，暮朔就會離開。」

「咦？他們兄弟倆不是分不開嗎？原來暮朔可以離開呀！」

「嗯，是可以離開。只是會死而已。」

此話一出，龍月錯愕地看著龍緋煉，不知道該如何把話題接續下去。

「他們兄弟都沒有跟你說過吧？」

龍月無奈苦笑，他確實是屬於不知道的那一方。

「龍夜到現在還有點搞不清楚狀況，真正明白的，只有暮朔。」龍緋煉重重地呼了口氣，給他選擇的餘地，「那麼你想要知道嗎？」

龍月點頭，看龍緋煉隔音、防竊聽這種事都做出來了，就聽吧！

「嗯，你聽完之後，告訴我，你想要怎麼做。」

然後，他把龍夜和暮朔現在的狀況，全部告訴了龍月。

「唔，這是怎麼一回事？」

龍夜拿著地圖，困擾地抓了抓頭髮，看著附近密密麻麻的樹木。

這個樹林在樹木們過於茂盛的枝葉遮擋下，遮蔽了大多數的陽光，在樹林裡的他，一路上很少看到陽光透進來，顯得有些陰森。

脫離追殺之後，又目送疑雁離開。龍夜為了快速抵達遺跡的所在地點，以最快速度做完任務，他沒有靠自己走到目的地，而是走回頭路，回到首都後，直接付錢給城門附近駐守的魔法師，請魔法師把他傳送到離遺跡最近的地方。

之前預計要花上不少時間的路程，就這麼縮短了一大半。

而從傳送陣出來前往遺跡的這段期間，龍夜一有空閒就會呼喊暮朔，希望可以得到回應。只可惜，到目前為止，都沒有聽到暮朔的聲音。

現在他會苦惱地站在原地張望，是因為——

他迷路了。

龍夜無法理解，他明明是照地圖的指示走，為什麼會迷路！

他低頭翻著手中的地圖書本，翻著、翻著，他看到其中一頁的附註時，差點想要撞樹把自己敲昏。

「註：此地區居住的生物種類繁多，如果出現迷路狀況，請注意你的周圍，很有可能是該地區的居民讓你選擇錯誤的道路。」

好吧，現在只有他一個人，少了別人提點，又犯了每次必犯的錯誤。

龍夜將地圖闔上收好之後，大大地嘆了口氣，一邊看著地圖，就不能一邊注意周圍的情況，所以才會迷路，那麼這次就仔細觀察四周吧！

可惜，走了一段路，龍夜發現，就算他努力地分辨著附近的樹木，努力地想要直線前進，卻仍然原地繞圈時，他思考著自己該怎麼辦。

「暮朔，你會怎麼做？」

龍夜像是想要求個心安的低喃著，就算他知道暮朔不會回答。

他想起之前在學院內，破除結界時所發生的經過，他閉上眼感知樹林的狀況，但好像有無形的牆，將他的感知反彈回來。

龍夜張開雙眼，疑惑了一下。

他微抖著袖子，指間夾著數張黃色符紙，將符紙往上拋，手指輕轉，拋出的符紙全數貼在周圍的樹上。

他走到身旁的樹下，銀眸閉起，手觸碰著符紙，透過符，手抵在樹身上，輕聲唸著無聲的咒語。

過了不久，龍夜所碰觸的樹身漸漸發光，像起了連鎖反應，有被符貼上的樹，一個個溢出淡淡的白光。

他睜開眼，看著周圍的狀況，收手往後退，等著光退去。

光芒消去後，周圍的樹林起了變化，龍夜眼前的樹林像幻影般扭曲變形。

等到變化穩定了下來，龍夜往前一看，原本不管他怎麼看，是一棵又一棵樹木的位置上，多了一條道路出現。

龍夜隨即拿出地圖，和周圍變化過後的樹木做比對，看到改變過後的區域與地圖有吻合，終於，他鬆了口氣。

只是，開心歸開心，他重新研究手中的地圖時，這才確定，在前往遺跡的路上，他都沒有往前邁進過。

看來，那些幻象不只遮蔽他的眼睛，也形成無形結界，阻隔他的去路。

雖是如此，他還是把問題給解決了。

「這次應該沒問題了。」龍夜心虛地喃喃自語。

變換過後的地點，地圖有標示出來，接下來，他只要照著地圖的路線走，應該不會出現多大的錯誤。

但他也開心不了多久，沒走幾步路，周圍地區又開始扭曲變形，空氣突然瀰漫著濃濃的元素氣息，而地底下跟著冒出一顆顆水藍色和綠色圓球。

水藍色與綠色的圓球互相交錯，周圍景色的變化越來越劇烈，龍夜向後退了數步，不知何時，他已經被這些圓球給包圍住。

龍夜突感不妙，指尖霎時夾住五張符紙，輕喊：「爆裂。」

手一甩，符紙泛著紅色的光，朝藍色和綠色的圓球拋去，符紙與圓球接觸瞬間，綠球砰地爆炸，而藍球卻讓龍夜的符紙化成黑灰，消失不見。

「咦？」

龍夜錯愕的看著化為粉末的符紙，重新感知周遭狀況時，這才發現，這些圓球都是高濃度的元素結晶體。

該不會他解除這裡的幻影狀態時，觸動了這裡的元素自我防禦機制？

自然結界，又是這個麻煩結界。

龍夜內心嘀咕著，身邊的圓球越來越多，他當機立斷，將手揚起，拋出一張符紙，朝旁邊的樹身做了一個小記號，低喊著：「搜尋術。」

樹身霎時出現多條銀白光絲，穿過逐漸變化的景觀，開出一條道路。

見路出現，龍夜趕緊拿出木杖，木杖頂端與白色光絲接觸，泛起些微白色的光芒，樹身的光芒消退後，木杖前端的光芒卻沒有消失。

等他處理完手中的工作，扭曲的空間與前方的道路已經消失，龍夜想也不用想，他應該又被關進去了。

但這一次，有所準備的他，完全不怕自己又被關回結界內。

他揮動著木杖，木杖隨著他的手移動，杖上的光芒忽亮忽暗。

龍夜試了許久，確定木杖只有指向某個地點時才會發亮，便把木杖當成引路的工具，隨著那一明一暗的光線移動腳步。

在木杖的帶領下，龍夜來到一個奇怪的「交界處」。

會說奇怪，是因為木杖在引路時，突然沒了光芒。

龍夜將四周指了一遍，木杖尖端的光芒全都是暗的，而且仔細看「交界處」，可以看

出這一處的風景景色完全不同，感覺像是一張圖片被人從中撕開，再將左右兩邊的圖隨便黏回去。

他之前沒有見過類似的景觀，這次會看到，可能是木杖出現引路干擾。

龍夜向後退了幾步，手一捏，木杖變回褐色木塊，他將木塊收回懷中，唰的一聲，雙手各夾著五張符紙，向前一揮，「雷鳴。」

十張符紙泛起電芒，全數朝交界處打去，符紙所接觸的地方出現短暫的扭曲，趁這機會，他雙眼一閉，用力朝扭曲點撞去。

可能是拋出雷符的關係，撞去同時，他感覺到身體有點麻麻的，等到麻痺感消退，他重新回到原來的地點。

這次為了防止那些元素結晶體再度出現把他關起來，龍夜重新召出木杖，一邊跑，一邊揮動木杖，將那些尚未成型就從地底冒出的元素結晶，直接分解掉，變回最初的元素結構。

一路上，龍夜一邊打退冒出來的結晶，內心不斷抱怨。

其實他帶的那本地圖，可以再加一點註解。

就是——只要有元素結晶出現的地方，一定不會有魔物的蹤跡。

地圖上明明就有寫說，這地區的魔物很多，但從他進入後到現在，除了元素結晶體之外，其他生物都沒有看到。

看樣子，他必須要跑到有魔物出現，才可以擺脫那些元素結晶體？

想到這裡，龍夜鬱悶到了極點，他完全不知道自己要到什麼時候，才可以結束這場詭異的打帶跑戰術。

正當龍夜為此煩惱，他跑著跑著，突然有一股奇怪的感覺，像是穿過一個結界，原本瀰漫在空氣中的黏稠元素氣息瞬間降了下來。

他納悶地朝後頭看去，原本一直追著他跑的結晶已經不見了。

他離開危險區域了？龍夜嗅了嗅空氣的味道，更加證實他的想法。

既然危機解除，他可以繼續趕路了。

當他打算往前時，前方樹林裡傳來了兩女一男的交談聲，而其中一道聲音讓他感到熟悉，那是利拉耶的聲音。

龍夜愣了一下，如果他沒記錯的話，宿舍管理員很少離開自己的工作崗位，利拉耶出

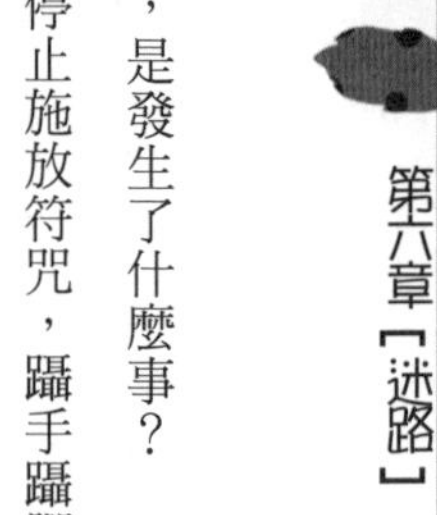

第八章【迷路】

現在這裡，是發生了什麼事？

龍夜停止施放符咒，躡手躡腳地往聲音的發源地走去，看看前方究竟發生了什麼事，為什麼會讓宿舍管理員放下管理工作，來到這個地區？

chapter 02 少女與雷獸

龍夜躲在附近的樹下，偷偷朝利拉耶所在的方向看去。

距離有點遠，那裡傳來的聲音斷斷續續的聽不清楚、看不明白。龍夜只好對自己施展符咒，讓在遠處的他可以看清楚前方幾人的動作，以及能夠聽到他們的交談聲。

「利哥，感謝你的幫忙，你可以離開了。」

現在與利拉耶說話的，是一名身穿劍士皮甲，有著及腰淺藍長髮與眸色的少女，她邊說話，邊朝另一個方向指去，像是示意他從那邊走。

龍夜一看到藍髮少女就愣住了，怎麼她和利拉耶的髮色與瞳色這麼相近，而且那名少女還叫他利哥，他們是兄妹嗎？

只是對於少女的趕人態度，他想，利拉耶應該會生氣吧？

果然，利拉耶對著少女，正用無奈地口氣說道：「欸，妳們會不會太過份了？叫我大老遠跑來，一幫完忙，就要趕我走？」

「利拉耶．斯克利特，我們是在趕你沒錯，現在你就給我離開！」

說話不留情面的，是一名褐眸如刀，瞪視著利拉耶的束著黑色馬尾的紅袍少女，她邊說邊用右手翻動衣袍腰間的數個褐色小袋子，像是在告訴利拉耶，他如果不肯離開，執意留在這裡，她就要進行武力驅趕。

利拉耶發現少女的動作，不悅的責罵道：「薇紗妳不要每一次都一副要與人拼命的樣子，我像是這麼好利用的人，招之即來、揮之即去？」

薇紗瞇起黑眸，冷哼說道：「璐不是跟你說謝謝了？難不成你還要我跟你道謝，再請你離開？」

好兇！龍夜縮了縮脖子，心中替利拉耶默哀了一下。

利拉耶見薇紗態度依然不良，當下就指著薇紗，轉頭對璐問道：「璐，妳不能看在我是妳表哥的份上，讓她客氣點？」

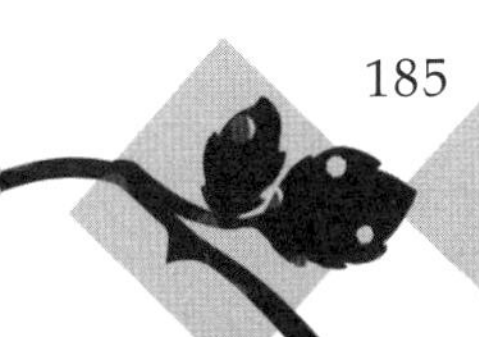

「利哥，我幫不了你，請你好自為之。」

璐的見死不救，讓利拉耶頓時無言。

龍夜聽到「表哥」兩個字，瞭然的點頭，原來他們是親戚呀！

「利拉耶，你還有什麼事？」薇紗揚眉，語氣不善的問。

龍夜緊張地看那性格有如張狂火焰一般的少女咄咄逼人的模樣，就替利拉耶捏了把冷汗，那個人也太恐怖了。

不過他不明白，為什麼她們話中的意思，像是在說這裡不可久留？

利拉耶見狀，嘴巴微動，低唸了幾句。

薇紗捕捉到一點利拉耶的細碎牢騷，就像是被踩到尾巴的貓。

「利拉耶．斯克利特！要說我的壞話就大聲說出來，不要低聲罵人。」

「誰罵妳了？」利拉耶翻了翻白眼。

看利拉耶敢怒不敢言的模樣，倒是讓龍夜訝異，她居然讓他不敢回嘴。

「利哥，請你體諒我們，你也知道，這裡有一隻狂暴化的雷獸，我和薇紗是奉校長的命令前來處理這隻雷獸，且兩位院長有另外通知，如果我們發現闖入者，一律驅趕，不能讓他們進入。」

「所以你們要我在入口設置閉鎖結界？」

「嗯，這是利哥你的強項嘛，剛好你出現在附近，就請你幫忙了。」

璐說完，對利拉耶豎了個大大的拇指。

難怪之後出現的自然結界會那麼詭異，原來是兩個不同結界。

雖是如此，但對於這裡沒有魔物出現的事，讓龍夜心中還是有著疑問。

還好這個疑問，下一秒就獲得了解答。

「是、是，請我設置結界，還附帶幫妳們驅趕在這裡出沒的魔物是嗎？」

璐笑著點頭，「能者多勞呀，利哥你厲害嘛！」

「算了、算了，我不想跟妳們計較。」利拉耶擺了擺手，「等一下呀……嗯，我也不知道是什麼時候，如果你們看到銀髮少年帶隊的隊伍，應該是兩人隊的樣子，如果他們要進去裡面，就放人通行。這是校長的命令。」

嗯？利拉耶說的人該不會是指他和疑雁？

龍夜一聽到有關於自己的事情，豎起耳朵，仔細聆聽。

薇紗聽到利拉耶這一番話，不太相信，「校長的命令？你想要騙誰呀，如果校長有意放人進去，早就跟我們說了，還需要你過來通知？」

利拉耶擺出嚴肅的表情，「校長說這是緊急狀況，來不及通知。要是妳們不信可以去問校長，他的通訊魔法不是一直開著？」

薇紗想了想，覺得這話沒錯，就對璐使了個眼神。

璐收到薇紗的訊息，把左手握成拳，移到唇邊，唸了幾句之後，她把手放下，對薇紗點頭，「我和校長確認了，利哥真的是校長派來的。」

「璐，妳有沒有問校長，為什麼不直接用通訊魔法通知我們？」

「這……」璐苦笑道：「我沒有問。」

「拜託。」利拉耶無奈地甩手，「如果校長用通訊魔法通知妳們，光是憑著幾句形容詞，妳們會知道他說的人是長什麼樣子嗎？」

此話一出，璐搖頭，薇紗沒有表示。

「你們又不認識小夜，肯定是想把他趕走。」利拉耶瞟了薇紗一眼，「小夜要處理校長的任務，如果你們把人趕跑，校長一定會很生氣。」

龍夜聽到後，心中替利拉耶多加了幾句話。

應該說，不是校長會生氣，而是緋煉大人會非常火大，這任務是校長所給予的，如果來到這裡吃了閉門羹，估計這位大人會以為是校長在戲弄他們，一定會去找校長理論。

不過從兩女和利拉耶的交談可以得知，遺跡所在地區會被學院封閉，一定是在他們接任務之後發生的事，不然利拉耶不會特地跑這一趟。

從利拉耶會提起兩人隊，代表他出發時，疑雁還沒回去吧？

那就是說，自己跟疑雁被黑暗獵人襲擊的事，學院也還不知道？

龍夜想了一下，到底該不該湊過去？他有點草木皆兵了。

沒辦法，這次因為他的失誤，哥哥大人受傷昏迷了，他一切都得靠自己。

如果要過去，趁利拉耶提起他的這時候，是最恰當的時機。

問題是，如果學院跟黑暗獵人有勾結呢？應該不會吧！

他是這麼希望的，因為從緋煉大人那裡聽來的特殊班，就是專門給人以做任務來交換避難資格的班級，那他來做這個任務，校長會很高興才對。

嗯，校長既然想要遺跡裡的東西，學院就是無辜的？是這樣嗎？

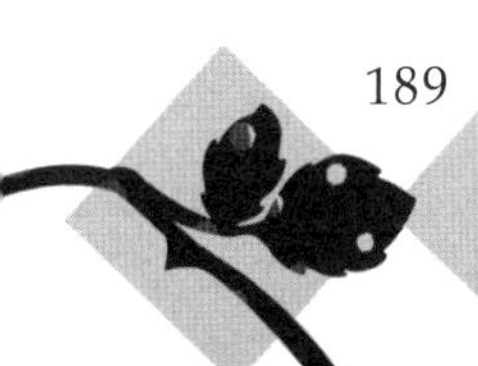

龍夜發現自己思緒太過一直線的咬唇，不曉得該不該出去的只能往下聽。

「小夜是長這個樣子，妳們看一下。」

利拉耶從懷中拿出一個透明的水晶球，在兩女的眼前晃了一下後，將它收起，「看到他後，直接讓他進去。」

「哦，長的挺呆的，我不會忘記，利哥請你放心。」

聽到璐這一番話，龍夜差點想要撞樹，什麼長的很呆！他看起來很呆嗎？雖然暮朔常常這樣罵他就是了。

利拉耶的話交代得差不多，有準備離開的動作，龍夜趕緊停止偷聽的行為，往前跑去。

他之所以不再胡思亂想的要趁利拉耶在時過去，是因為他發現那名黑髮少女趁利拉耶不注意時，對璐小聲說了一段話。

或許是薇紗的動作很大，所以他可以從她的唇讀出她說的話。

「不要管他，一見到闖入者，全部給我趕出去。」

看來薇紗根本不打算把利拉耶說的話放在心上，他只好現在就過去。

果然，薇紗一瞧見有人靠近，想也不想，右手虛空一抓，拿出一把赤紅色的槍，朝龍夜的方向一指，喝道：「闖入者，給我離開這裡。」

薇紗的氣勢嚇到了龍夜，他的腳步一停，舉起雙手投降。

「我、我是楓林學院的院生，來這裡是要處理茲克校長的任務。」

可能是少女的神情太過駭人，龍夜說話時還差點咬到舌頭。

「薇紗住手。」

利拉耶見到一臉驚恐的龍夜，一個劍步向前，推開薇紗持槍的手，對龍夜抱歉道：「小夜真是抱歉，她常常這樣，不要介意。」

說完，利拉耶藍眸一轉，瞪著薇紗，像在告訴她，別忘記他說的事。

「我知道，不需要你提醒。」

薇紗暗嘖一聲，不再持槍指著龍夜。

但她手中的槍依然拿著，只見她轉動著紅色長槍，朝裡面點去，「你自己進去，不要礙我們的事。」

龍夜尷尬一笑，眼見薇紗沒放棄捅他的打算，就不曉得該不該進。

「小夜你快點進去，薇紗和璐還有工作要忙，如果你進去時被其他經過的人看到，她

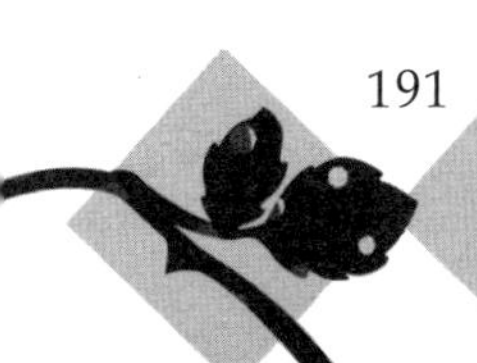

們很難跟人解釋。」

因為兩女的工作是抓魔物兼趕人，如果闖入者發現他們被趕出去，而只有龍夜一人可以進入，他們一定會心理不平衡。

看到利拉耶催促的目光，龍夜也覺得是這樣沒錯的點點頭，但他一想到自己在前面的古怪遭遇，忍不住想要詢問。

反正，說明的時間很快，薇紗應該不會氣呼呼的要他不要廢話。

龍夜就用最快的速度，把進入這個地區的狀況，一五一十地說給利拉耶聽。當然，他沒有提到偷聽的部分。

利拉耶聽完後，臉色霎時變白，手抵著下巴，低聲喃喃著。

龍夜歪著頭看向利拉耶，正打算湊過去聽他說什麼時，利拉耶剛好抬起頭，與龍夜的雙眼對上。

「唔，我是有在入口設置結界，所以小夜你的意思是——你中了我的結界，解除脫逃之後，又被另一個結界關了進去？」

龍夜用力點頭，「利拉耶你打算怎麼處理？那個區域真的怪怪的。」

邊說，他邊特地拿出地圖，翻到讓他迷路的區域，指給利拉耶看。

「這裡呀！」

利拉耶抓了抓頭髮，「我回去問問看校長，看他想怎麼處理。對了，小夜，這裡有點危險，你的任務完成後，就直接離開。」

利拉耶從外套的口袋裡拿出一顆透明的結晶，丟給龍夜。

「這是什麼？」龍夜小心的用雙手接住結晶，狐疑地問。

「傳送晶石。」利拉耶解釋，「把晶石捏碎，它就會自動把你送到學院大門。」

龍夜感激點頭，這東西對他來說幫助很大。

這樣一來，等他處理完校長的任務，就可以節省時間，馬上回學院找龍緋煉，早早把暮朔給喚醒。

利拉耶贈與的晶石，讓龍夜多了點完成任務的鬥志，和利拉耶道謝後，正要趕他的路時，利拉耶又喊住了他，「等等！」

龍夜疑惑地回頭，利拉耶對他伸出手，「賽洛的書。」

「嗄？」龍夜一臉迷茫。

「你手上的那本地圖。」利拉耶勾了勾食指，「那本是賽洛跟別人借來的，你借了書也不跟賽洛說，你害他找不到書，緊張死了。」

還好龍夜拿書出來告訴他地點時，自己有多瞄幾眼，不然他回去後，提到龍夜手中的地圖時，賽洛斯一定會掐死他。

「啊！」

龍夜這下子臉紅了，他那時有寫字條告訴室友，他們要外出出任務，卻忘記告訴賽洛斯，他把書借走了，「抱歉，我忘記了。」

龍夜趕緊把書拿出來，遞給利拉耶，然後頭也不回繼續趕他的路。

看龍夜匆匆離開的樣子，利拉耶抓了抓頭髮，一手拿著書，看著他離去的背影，不知道該說什麼好。

原本他還想要跟龍夜說，既然借了，回去後再好好跟賽洛斯解釋就好了，看他這麼迅速的還書兼閃人，害他來不及叫龍夜回來。

既然來這裡的目的達成，利拉耶拿出一顆傳送晶石，好心提醒著璐。

「璐，如果妳們出狀況，一定要馬上通知我，我會盡量趕上的。」

「才不需要你的幫忙呢！」薇紗罵道：「別礙事，快點給我離開。」

利拉耶苦笑，將手中的晶石捏碎，身影倏地消失，回到了學院。

沿著林間道路奔跑，龍夜進入真正屬於遺跡的地區。

他跑著跑著，腳步一頓，到處張望。眼前的樹林和與目前走的道路延伸到後面，分成數個羊腸小徑。忽然，他不知道該怎麼往前走。

地圖還給了利拉耶，看著前方的數條通道，難不成真的要憑直覺找路？

早知道他就應該要先把這片森林地區的地圖給看上一遍。

龍夜拿出一張符紙，低頭看了一下身後，忍不住嘆氣。

如果他在這時候回頭去找薇紗和璐，估計她們會直接把他趕走，而不是好心指路吧！看那兩人無法無天的樣子，肯定只有這種回應的。

為了防止迷路後找不到入口，他還是先在這裡做個標記，如果他真的迷路，還可以使用符咒回到原點和更換路線。

他驅動符咒，做好記號，正要繼續往前，後方傳來轟的爆炸聲響。

龍夜回過頭，還沒移動腳步，一道颶風襲來，一抹黑影從他身旁迅速掠過，他回過頭時，只瞥見那抹影子往最左邊的通道竄去。

「那是什麼東西？」

龍夜維持著側身姿勢，不解的搔了搔臉頰。

他還沒理解適才從他身旁竄過的黑影是什麼，又聽到奔跑聲在靠近，是藍髮少女和黑髮少女——璐和薇紗。

「欸，那邊的。」

薇紗手持紅色長槍，氣呼呼地跑到龍夜的身旁，左右張望數次後，沒發現想看到的東西，抬起空著的手，一把揪住龍夜的衣領。

「雷獸跑去哪裡了？」

「什、什麼——妳在說什麼？」龍夜腦袋頓時停止運轉。

「等等，薇紗，妳嚇到他了。」璐看到龍夜臉色慘白的模樣，「薇紗，先放手好好說話，妳這樣揪著他，他要怎麼回答？」

薇紗側著頭，看了藍髮少女一眼，放開了龍夜。

「我們在追雷獸，牠往這裡跑了，你有看到嗎？」璐等龍夜喘口氣後發問。

「我只看到一道黑影往那個方向跑去。」

龍夜抬起手，往左邊通道指去，然後他往最右邊的通道移動。

「等等，你要去哪裡？」薇紗看到龍夜所走的方向，喊住了他。

「嗯？我要去遺跡。」龍夜眨了眨銀色雙眸，回答。

薇紗和璐聽到後，面面相覷的抹了抹額上冷汗，看來是遇到路癡了。

薇紗快步往龍夜走去，手一抬，拉著龍夜的衣領往最左邊的通道拖去。

「你選的是死路。」薇紗罵道：「要去遺跡是要走這裡。」

龍夜愣愣地被薇紗拖著走，詫異的看著左邊通道。

原本只是很單純的不想與她們走同一條路，就選了最右邊的路。誰知道，那裡是條死路，而他不想去的地方，是真正的道路。

「既然是去一樣的地方，你就過來幫忙。」薇紗鬆開手，瞪了龍夜一眼。

「等等，妳不怕我礙妳的事？」

他偷聽利拉耶與她們的對話時，很明白薇紗不喜歡有人妨礙她的工作，面對薇紗自行決定他們要一起行動，讓龍夜錯愕。

「你那什麼臉？既然校長願意讓你進入，就代表你不會礙事，不是嗎？」

聽到薇紗的回答，龍夜頓時無言。

從她說話的口吻判斷，薇紗的說詞應該改成——如果你不行，就離開！

「我知道了。」

一旦拒絕，說不定會被趕走，他只能接受。

薇紗見龍夜不乾不脆的回答，沒有說什麼，就往左邊通道移動。

龍夜見狀，只能暗自嘆氣，看來，沒有把地圖先看完，果然是錯誤的決定呀！如果他早點進去，就不會有現在的問題了。

一路上，薇紗靜靜的走在前頭。

璐可能是無聊，頭一轉，看向龍夜，「你是哪一院的院生？」

「我？」龍夜先朝前方的薇紗看了一眼，壓低聲音，「呃，妳們不是要追雷獸，妳確定這樣慢慢走追得上？牠速度很快。」

從一起行動開始，龍夜心中就有這個疑惑，她們太悠哉了。

「喔，很簡單，因為這裡設了很多陷阱，慢慢走才不會失足掉進去。」

璐的解釋讓龍夜替自己捏了一把冷汗，附近有很多陷阱？她們放他進來時為什麼不提醒，就不怕他會誤踩到陷阱嗎？

看到龍夜的鐵青臉色，璐笑笑地推了推他，「你是魔法師吧？那陷阱對你來說應該不算什麼，不需要這麼緊張。」

重點不是這個吧！

「妳知道我是魔法師，還問我是哪院的院生？」龍夜抓到璐的語病。

「看你的樣子就知道啦！剛才只是想要確定才問的。」

龍夜頓時無言，他看是璐太無聊，想要隨便找話題打發時間。

「妳們應該是武鬥院的吧？」龍夜看著璐的穿著，與薇紗亮出的紅色長槍，推斷她們的身分。

璐笑著搖頭，「你猜錯了，我是武鬥院沒錯，但薇紗不是，她是魔法院院生。」

「咦！」龍夜驚道：「可是她不是有拿武器嗎？」

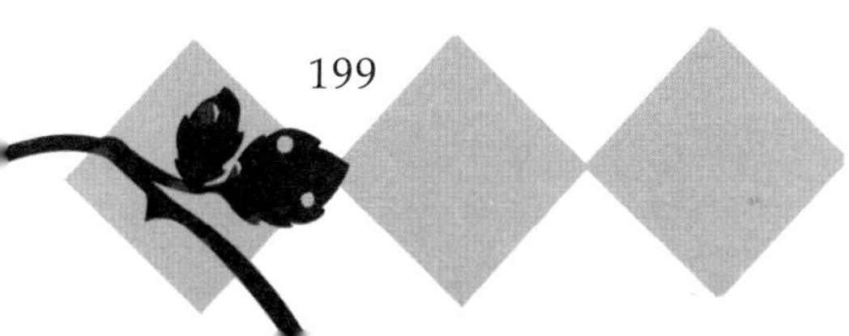

「是有武器。」璐指著薇紗的長槍，「因為薇紗是鍊金術師。」

鍊金術師，那是被歸類到魔法院的特殊職業。

鍊金術師一共分為兩類，武器鍛造和藥品製造。他們和魔法師不同的地方在於，煉金術師是使用魔法道具——也就是他們稱呼為「觸媒」的媒介來發動魔法，這一點，與驅使元素的魔法師完全不同。

看薇紗手中長槍，她應該是屬於走武器方向的鍊金術師。

「可是，專職武器的鍊金術師不是可以到武鬥院就讀?她怎麼跑到魔法院了?」龍夜不解地看著走在前面的薇紗，問著璐。

誰知，薇紗注意到後方兩人聊起天來，打算要提醒他們時，剛好聽到龍夜的話。

「我是凱爾特家族的人，必須要學會使用『鍊金槍』，除去槍這部分，是專職製作觸媒，也就是藥品製造的鍊金術師。」

說完，她把長袍掀開，露出腰間的小袋子後，將手放下。

「還有，你們不要一直在後面聊天說話，很吵。」

龍夜和璐見狀，兩兩對望，乖乖地閉上嘴巴。

瞬間，寂靜瀰漫在他們之間，久久無法散開，直到他們穿過了樹林，來到屬於遺跡的所在地。

在那裡，有一隻身形似貓的魔物，站在遺跡入口旁的石柱上。

那隻魔物有著如兔一般的長耳朵，暗紫色貓軀上圍繞著五顆紫色的光球，直立的貓瞳泛著妖異的紅光，牠微瞇起雙眼，舌頭從咧開的大嘴中伸出，輕舔著嘴角，發出戒備的呼嚕聲。

「請問一下，牠是不是妳們要找的那個？」龍夜指著貓形魔物。

薇紗和璐見狀，同時點頭：「沒錯。」

接著，薇紗抖了抖長槍，「欸，你到後面使用魔法干擾雷獸的行動，牠就交給我和璐來處理。」

「什麼欸？我叫龍夜。」龍夜抱怨。

「管你叫龍夜還是什麼，如果不想幫忙，遺跡就在前面，自己想辦法從雷獸的腳下走過去。」

「好啦，我知道了。」龍夜拿起木杖，指向雷獸。

「呼嚕，嗷嗚。」

雷獸晃晃尾巴，發出如狼嚎的刺耳叫聲，聲音不斷迴盪。

龍夜摀住耳朵，等到雷獸停止咆哮，才鬆開手。

雷獸的叫聲過後，牠所站的石柱下方，出現一名身穿褐色大衣的綠髮男子。

薇紗見到綠髮男子的尖耳朵，不確定的猜測，「精靈？」

精靈挑眉，朝龍夜三人望去。

「人類，給我離開這裡，不然，別怪我手下不留情。」

說完，精靈抬手，雷獸弓起身體，做出準備攻擊的姿勢。

面對精靈不和善的態度和雷獸聽話的動作，薇紗和璐瞬間了解，為什麼雷獸會無差別的在遺跡周圍攻擊人，原來牠是被命令的。

「欸，我問你，你應該可以一個人對付那隻雷獸吧？」薇紗用左手掀起紅色斗篷，將手搭在其中一個袋子上詢問。

「應該沒問題，還有，我不叫欸，我是龍夜。」龍夜嘟囔著再重複一遍。

「管你叫什麼，總之，牠就交給你了。璐，我們上。」

薇紗說完，持槍朝綠髮精靈所在的地方跑去。

同時，璐也拿起她的配劍，與薇紗一起攻擊精靈。

薇紗拿出一顆紅色的晶石，裝在紅色長槍的槍柄上，瞬間，槍頭變成了紅色，泛著火光，捲起熱風朝精靈捲去。

精靈見狀，隨手輕劃，身邊憑空出現數隻小型透明生物，也就是水元素精靈，它們背後有著四片透明翅膀，朝薇紗的槍撞去。

第一隻水元素精靈與槍接觸時，精靈消失，熱風與火焰也瞬間熄滅。

薇紗見狀，向後退了一步，當機立斷對璐下指示。

「璐，這些水元素精靈交給我處理，妳去逮住那個精靈。」

說完，薇紗的手指撥動著腰間袋子，扯開其中一個，用力往上丟，她舞動著槍，向上一刺——天上灑下淡藍色的粉末，風一吹，粉末沾在元素精靈身上。

薇紗吹起哨聲，粉末凝結了水元素精靈的水氣，精靈召出的水元素精靈瞬間變成了冰塊，掉落在地。

精靈見他召喚出來的元素精靈無法對付薇紗，決定驅使雷獸攻擊。

龍夜見狀，舉起木杖，暗自發動符紙的符力，以彈性的攻擊，把雷獸撞入遺跡內，接著他在腳上貼上神行符，迅速追了進去。

進入前，龍夜還聽到後方傳來交錯攻擊的響聲。他現在只希望，在他對付完雷獸前她們不要追進來，不然他沒辦法用符咒攻擊雷獸。

急趕狂奔的衝進遺跡之後，裡頭靜悄悄的，竟沒有見到雷獸的蹤跡。

龍夜將木杖收起，手掌輕揉，符紙從衣袖內唰地滑下，夾在指間。

他警戒的聽著遺跡內部的聲響，小心翼翼的觀察著附近。

同時，龍夜注意到，在遺跡的中央，有一處大水池，那裡的氣息十分紊亂，讓他無法正確感知雷獸是否躲在水池裡。

他想了許久，還是決定先過去查探。

一方面是，他來此的目的是要來這裡抓住在水池附近聚集的水元素精靈，既然目前雷獸的蹤跡不詳，就先去抓元素精靈，再去處理校長的任務。

龍夜來到水池旁，看到一隻隻的水元素精靈在水上舞動著。

因為有暮朔遇襲昏迷的事，加上方才來這裡時在遺跡外遭遇先後兩個結界，他現在做什麼事前，只要不急，會稍微多用點腦袋思考。

龍夜先觀察了水元素精靈好一會，直到確定要使用什麼符紙後，他才將選好的符紙拋出，以迅雷不及掩耳的速度將一隻元素精靈抓獲，符紙收回，再三查探，確定水元素精靈就在裡面，小心地將它收到收納袋裡，接著準備去找校長所要的物品。

他不知道，雷獸就躲在水池裡，當牠看到龍夜轉身，背對著牠要離開時，刷地竄出水中，牠張開銳利的腳爪，用力朝準備離去的銀髮少年一抓——

爪子揮下，牠卻像是抓到樹葉一樣，沒有撕開血肉的觸感，也沒有人類受傷的痛苦叫聲，只有一張被撕裂成五片的黃色符紙。

雷獸如貓瞳的眸子瞬間縮起，前撲的姿勢終止時四足落地，腳掌正好踩在碎裂的符紙之上，牠動了動耳朵，納悶地張望。

接著，牠聽到身上傳來啪的拍擊聲，這異常清晰的聲音傳入耳中，牠長如兔耳的耳朵微微顫動，想要聽清楚聲音的來源。

頭還沒轉動，牠聽到原本在周圍輕輕吹過的微風，出現了些微變化。

牠張大紅玉般的眼睛，原本直立的貓瞳變得更加直長，當牠猛一回頭，不知何時，銀髮少年就出現在牠的身後。

龍夜看到雷獸在注視著他，右手輕抖，五張黃色符紙夾在指間。

「風動。」五張符紙瞬間泛起青光。

「迅雷。」青光之中，夾雜著淡淡雷光。

「風之鳴，雷之怒……」

手中的符紙以貓形魔物的身軀為目標，射出！

「風鳴雷動！」

雷獸的背發出白光，拋出的五張符紙以白光為目標，沒有被彈開，而是穩穩的貼附過去，瞬間，雷獸身上發出五道猛烈的爆炸聲響。

爆炸過後，還捲起不小的狂風，害龍夜差點站不穩，被狂風吹飛出去。

龍夜不知道雷獸此時狀況，只知道他要抓緊時機，不能讓牠有反擊的機會，快速捏住新抽出的符紙，朝爆炸點扔，「去。」

符紙扔出，又傳來了爆裂聲響，煙霧頓時瀰漫整個遺跡。

「糟糕。」龍夜沒想到，他剛才施展出來的符咒，居然弄巧成拙，讓他的四周被煙霧給包圍住，什麼也瞧不見。

「嗷嗚——」

此時，煙霧中傳來了雷獸的怒吼聲。

龍夜嘴角微微抽搐，他連續下了兩次重手，雷獸就算沒死，也該昏了才是，怎麼還可以爬起來發出嚇人的吼聲？

突然，一陣狂風將煙霧捲走，龍夜看到，雷獸身旁的五顆紫色光球，變成了五種屬性的顏色，他頓時無言。

現在是怎樣？

「吼！」雷獸發出吼聲，五顆光球朝目標撞去。

原本還在失神發呆的龍夜，趕緊回神躲避光球的攻擊，雖是如此，他還是被一顆紅色的球給擦到，手臂上立刻冒出不小的紅色燙傷傷口。

「燙。」龍夜驚呼的看著飄回雷獸身旁的紅色光球。

這些光球該不會是元素結晶體吧？

他暗自猜想，如果真是這樣，這隻魔獸取錯名字了，不應該叫雷獸。

龍夜拿出符紙，目光盯著紅色光球，指尖一彈，射出符紙貼在紅色的球上。

「冰凝。」龍夜低喃。

轉眼間，紅色光球結成冰球，重重掉落在地碎裂開來。

雷獸歪著頭，不解地看著落地後變成了粉末的結晶。牠察覺眼前的人類有些古怪，向後一跳，弓起身，對龍夜發出嗚聲。

龍夜發現自己的招數有效，又拋出了四張符紙，打算一口氣將雷獸周圍的光球給消滅掉，但雷獸早就有了防備，向上一躍，讓他的符紙撲空。

牠趁機張開爪子，迴身一撲，朝龍夜的身體抓去。

龍夜抽出五張符紙，唰地展開，強行阻擋雷獸的攻擊。

「唔。」

擋不住啊，龍夜發出吃力的聲音，轉動手腕，奮力將雷獸彈出去。

他趁雷獸還沒落地，又射出四張符紙，將雷獸周身的四顆光球消滅。

「吼。」

雷獸發出惱怒的吼聲，紅色的貓瞳變得更加猩紅。牠大吼著，身旁再度出現五顆光球，色澤變回原來的紫，而不是五色。

雷獸躍起，亮出銳利的腳爪，瘋狂的朝龍夜身上抓去，隨著牠的動作，附近的五顆紫色光球還不時射出雷電，阻擋著龍夜。

龍夜一邊閃躲雷獸、一邊使用符咒防禦紫球的雷電攻勢。

從雷獸使用紫球攻擊他時，他就有點分身乏術、疲於奔命，只怕再躲下去，那隻雷獸還沒累，他就要先倒了。

龍夜在閃躲時，利用短暫的空檔時間，從懷中拿出一張黑色的符紙。

那是僅有一張，緊急用的符紙。

龍夜已經想不出別的方法，眼前這個狀況已經可以與緊急劃上等號吧？他暗自驅動左手的黑符符力後，先將右手的黃色符紙甩出去。

他趁雷獸打掉前一個符咒時，抓準時機，發動貼在腳上的神行符，跳至雷獸上方，手掌用力一拍，將黑色符紙打入雷獸的身上。

龍夜大喊：「入！」

黑色符紙發出暗黑色的光芒，被雷獸吸至體內。

然後，雷獸哼都沒哼一聲，紅色雙眸霎時瞠大，重重倒在遺跡的石地上。

龍夜用腳踢了踢雷獸，確定牠沒有動作，這才鬆了口氣。

「呼，終於解決。」龍夜感慨地說。

他把目光放在水池後方，看似用石頭堆疊起來的遺跡。

那裡面，有著校長所說的物品。

龍夜邁步，正要朝遺跡所在地走去，後方傳來了少女的叫聲。

「欸，你把雷獸解決了？」

龍夜回過頭，喊住他的人是璐。

「嗯，剛剛才結束。」

龍夜抓了抓頭髮，想到雷獸不間斷的攻擊就心有餘悸，「這隻雷獸好難對付，我的小命差點沒了。妳們呢？精靈解決掉了？」

「嗯，你進來遺跡沒多久，薇紗就把他敲昏了。」璐看著昏迷的雷獸，「我們在外面等你很久，你都沒有出來，薇紗要我進來看看你怎麼了，需不需要救你，看來，是我們想太多，你已經順利解決。」

說到這裡，璐發出尷尬的笑聲。

只是龍夜很難跟著璐一起笑，既然她們早就把精靈給解決掉了，為什麼不進來幫他呀！不，等等，她們不進來才好。

龍夜後知後覺想起自己的符紙不能光明正大的用，好險她們沒進來。

「那、那精靈和雷獸妳們打算怎麼辦？」龍夜暗鬆口氣的問。

「先把牠們帶回去，再請院長處理。」

璐從懷中拿出一個黑色的盒子，朝雷獸拋去，黑盒撞到雷獸的身體，彈起瞬間，盒子打開，將雷獸給吸納進去，隨即掉在石地上。

「嘿咻。」璐彎身拾起黑盒，將它收起，「感謝幫忙，要一起回去嗎？」

「不了。」龍夜搖了搖頭，「我的任務還沒完成。」

「哦。」璐理解的點頭，「我知道了，那就再見。」

說完，她轉身離開遺跡，與在遺跡外的薇紗會合。

龍夜看著璐離去的背影，覺得她跟薇紗都好爽快啊，好乾脆。

自己比起她們，好像優柔寡斷了點，不夠直接。

大概是暮朔昏迷的關係，龍夜今天的自我反省次數比平常多了點。

想起昏迷的哥哥大人，龍夜打起精神，看看四周。

可能是進入了遺跡內部，沒有樹木遮掩光線，現在時間很好辨認的，已經進入傍晚時分。

早點完成任務，早點回到學院把暮朔的問題解決。

龍夜再度走向先前雷獸躲藏的水池，在它的後方有一個看似用石頭堆疊起來的小型遺跡，在那裡面，則是有另一個小湖泊。

湖上閃耀著數道不同的光芒，在湖面中央，飄浮著一個銀藍色，像卵的橢圓形物體，那個就是校長所要的「卵」。

龍夜慢慢的走到湖邊，湖面的色彩濃烈。

他好奇的低頭看著，瞇起銀色雙眸，身軀微低，看著湖水變化。

這湖的元素氣息還真濃，龍夜感嘆著。

如果暮朔醒著的話，一定會催促他，將瀰漫在湖泊上的元素給收集起來吧？

想到這裡，龍夜拿出符紙，朝湖上拋去。

黃色符紙輕轉，將湖面上的元素氣息全數吸納，原本泛著五色波光的湖面，像漣漪般從中間開始擴散，色彩消逝，趨向透明。

龍夜再拋出一張符紙，將卵收入符裡面。

「終於處理完了。」

龍夜感慨地說，接下來是回學院，找龍緋煉了。

他拿出利拉耶給他的傳送石，正要捏碎時，他聽到了那個人的聲音。

——龍夜，回到學院後，直接到宿舍。

那是龍緋煉的嗓音。

龍夜朝聲音傳來的地方看去，發現一隻紅色的鳥站在後方的石頭裂縫上。

那是式神。龍夜心想。

結果，他的一舉一動，那位大人都看在眼裡呀！

「那個，暮朔他要不要緊……」

——有什麼事回來再說。

式神截斷龍夜的話，不給他繼續發問的機會，張翅飛離。

龍夜吶吶看著式神離開，捏碎手中的傳送石，回到學院。

因為擔憂的問句被某位大人無視，龍夜捏碎傳送石後，衝向宿舍。

飛快的爬著樓梯，接著在走廊上奔跑，很快的，來到位在三樓的「307」號房，那是龍緋煉、龍月和疑雁的宿舍房間。

只是，他敲門進入後，卻發現多了一個似乎不該在這裡的人。

「呃，請問一下，這是什麼狀況？」

那個突然出現的人幫助過自己，他的名字是？

「他是風．格里亞，學院護衛隊的隊長。」

龍月主動的向龍夜介紹，他還是習慣這麼做。

畢竟是朋友，能夠為對方做點什麼，他就不想礙手礙腳、想東想西的在做與不做間掙

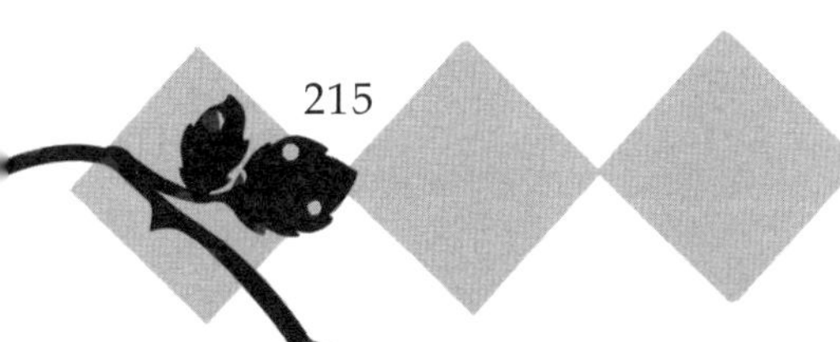

扎，結果最後只剩下後悔而已。

對於他的搶著介紹，龍緋煉似笑非笑的看著他。

龍月不在意的轉身，無視那個恐佈的微笑，他認為這樣的介紹不算什麼。

「風．格里亞你為什麼在這裡？」龍夜不明白的追問。

他以為他趕回來之後，首先要處理的是哥哥大人昏迷的事！

「嗯？為什麼啊？」格里亞輕笑著，「你可以問問你的同伴。」

「他負責處理我們被『襲擊』的事情，夜師父。」疑雁回答。

「祭司我們已經處理好了，至於洩漏學院情報的人，我們會負責追查。」格里亞安撫道：「希望你們不要因為這起事件，就對學院失望。」

「哼，希望你們是真心想要解決這件事。」龍月諷刺著。

「放心，有關於諸位的損失，我們會補償的。」格里亞朝龍夜看了一眼，又說：「那麼，去執行任務的龍夜同學，你回來這裡的意思，應該是你已經完成校長的委託了吧？」

龍夜點頭回應。

「那麼，你可以把東西交給我，讓我回報給校長嗎？」

「噢，好。」

龍夜的手尚未探進收納袋中，龍緋煉就先開口，「等等。」

此話一出，龍夜的手縮了回來，不解地看著龍緋煉。

「校長要我們順道幫他拿取物品，卻沒說什麼時候給他。」龍緋煉笑了笑。

「是這樣沒錯。」格里亞問：「所以你的意思是？」

「目前，我們沒有要回報任務的打算。」龍緋煉肯定地說。

格里亞聞言，眼簾輕垂，思考著。過了數秒，他嘆口氣，「知道了，我會先把這件事告知校長。」

接著，他走到龍夜身前，拍了一下他的肩膀。

瞬間，一股怪異的感覺充斥在龍夜的心頭。

龍夜還沒開口，格里亞搶先說道：「忘記跟你說了，恭喜你獨自一人打倒雷獸，璐和薇紗對你很看好喔！」

說完，格里亞又拍了他的肩膀兩下，隨即離開房間，留下呆愣的龍夜。

等到房間的門扉自動關上，龍夜才發出慘叫聲。

「啊啊啊——等等，他怎麼知道？我才剛剛回來。」龍夜方才的疑惑瞬間拋光，不敢置信地說。

「那兩個人不是比你早回來，不需要大驚小怪。」龍緋煉揚眉道：「小鬼，這次的任務你順利完成，我應該要恭喜你，只是……」

「只、只是什麼？」

龍緋煉突然頓住的話語，嚇到了龍夜。該不會這位大人要把暮朔昏迷的帳算到他頭上吧？

「你把暮朔以前送你的符咒給用掉了，他醒來後，你好自為之。」

龍緋煉這番話無疑是個震撼彈，讓龍夜完全嚇傻。

那張黑色的緊急用符咒的確是暮朔送給他的，因為當時情況緊急，他馬上就將它用掉了，但他忘記了一件事，那就是使用前，一定要知會暮朔。

一想到恐怖的哥哥大人知道後抓狂的模樣，讓龍夜替自己掬了一大把又一大把的傷心淚，他完蛋了。

「夜你不用擔心，我想暮朔可以體諒才對。」龍月安慰道：「對了，你進入遺跡有遇到什麼狀況嗎？格里亞說的雷獸是什麼意思？」

龍月不是龍緋煉那種可以靠讀心將某人心思讀透、把事情查清楚的非人哉，適才格里亞提到的「璐和薇紗」，他也不認識。

當然，有疑問的人也包括疑雁。

「喔，這個呀！」

龍夜一進入房間，就被格里亞嚇到，差點忘記他沒有跟龍緋煉回報任務狀況，還好有龍月提醒，他就將當時的狀況一五一十說出。

說完後，他十分嚴肅的站到龍緋煉身前，「緋煉大人，疑雁有說吧？暮朔他……」說到這裡，龍夜不知道該怎麼說下去，只能緊張的看著他。

龍緋煉面對龍夜緊張無措的模樣，難得無惡意的一笑後，手指一彈。

龍夜看到一道白光朝額頭打來，毫無躲避的機會，直接命中。

龍月看到那個白光就這樣沒入龍夜的眉心之中，嚇了一跳，「緋煉大人你在做什麼？」

龍夜吃痛的抱頭，眼眶中泛著疼痛的淚水，不解地看著龍緋煉。

「好了。」龍緋煉輕呼口氣，「暮朔醒了。」

「咦？」龍夜吃驚地說：「真的嗎？」

『唔，擾人清夢，再讓我睡一下又不會死。』

龍夜還想發問，就聽到暮朔迷迷糊糊，像是很想睡覺的聲音。

「暮朔你、你沒事吧？」

可能是太過擔心，龍夜說話有點結巴。

『呵啊，死不了。』暮朔打了一個大呵欠，『那個祭司下手重歸重，還死不了，睡一下就好了。』

「真、真的嗎？」龍夜有點不相信，「可是你突然沒了聲音，就這樣昏睡過去，你真的嚇到我了耶！」

『別擔心、別擔心。』暮朔不想聽龍夜說有關於自己的事情，話題一轉對龍夜說：『任務處理完了？挺不錯的嘛！』

他稍微讀了一下龍夜的心思，看來在他昏迷期間，這小鬼的行動力意外的好，害他開始考慮以後要不要多多昏迷，好刺激一下這個小鬼。

「嘿嘿，沒有啦，因為那時候很緊張，就很快把任務處理掉了。」

聽到自己被暮朔誇獎，龍夜有點不好意思。

因為他想，暮朔因他一時大意被祭司打到沉睡，如果他不好好把任務處理掉，估計暮朔醒來後，知道任務沒完成，他鐵定完蛋。

『欸，先別跟我聊天，我們晚點繼續，你看那兩個傢伙，他們有事問你。』

暮朔一說，龍夜回神才發現，龍月和疑雁像是有話要說，卻又不知道該不該說話的模樣，忍不住問道：「月、疑雁，有什麼事嗎？」

「沒有。」龍月搖了搖頭，「只是在看你跟暮朔說話，沒什麼。」

「夜師父，暮朔師父還好吧？」疑雁很關心這點。

「嗯，看起來活潑亂跳的。」

龍夜替自己捏了把冷汗，還好暮朔沒跟他計較祭司那件事，不然他死定了。

「對了，緋煉大人這給你。」

既然暮朔沒事了，龍夜心中的大石終於放下，他從收納袋裡拿出兩張符紙，交給了龍緋煉。

「水元素精靈，和遺跡之內的卵是嗎？」龍緋煉晃晃手中的符紙將它收了起來，「好

了，接下來我會處理，龍夜你可以回去休息了。」

「是。」龍夜點頭，然後又說：「緋煉大人，我想問問，格里亞先生提到的祭司，是不是打傷了暮朔的那一個？」

記得疑雁有說他們被襲擊的事情，由格里亞先生負責。

可是，祭司不是被自己丟在那裡自生自滅嗎？

「哼，你把人丟在原地不管，學院就把人撿回去盤問了。」龍緋煉哼聲道：「下次遇到襲擊者，不用多說，直接解決掉，以免留下後患。」

看來，緋煉大人真的對這件事非常有意見呀！

「是，我知道了。」

龍夜飛快應聲，怕再被數落的趕緊和房間內的三人道聲再見，就頭也不回的跑回他的房間。

「緋煉大人，暮朔真的沒問題嗎？」

龍夜走後，龍月擔心的皺眉詢問。

「嗯，他都醒了，不是嗎？」龍緋煉淡淡地說。

「是這樣沒錯。」龍月尷尬一笑，繼續說道：「只是他醒的太快了，他倒下去到他說沒事，連一天的時間都沒有。」

同時，龍月也很訝異龍夜居然短短不到一天的時間，就將任務結束。

這得歸功於暮朔突然沒了音訊，讓龍夜想要快點把事情全數解決，回來找他們幫忙嗎？

「結果我們算是欠了那個管理員一個人情？」龍月嘖了一聲。

如果利拉耶沒有給龍夜傳送石，當他任務完成後，一定是循著原路回到學院，這麼一來，路上會發生什麼事，就不是他們可以知道的。

「有嗎？」龍緋煉輕鬆的聳肩笑了笑，「是他自己願意幫助小鬼的，不是嗎？還有那把劍你也不需要放在心上，是他們自己願意給你的，你就欣然接受，不需要考慮要不要還人情。」

龍月想想也對，又不是他去求他們的，直接裝傻就好了。

「緋煉大人，關於格里亞所說的事，你真的打算交給他處理？」

雖說格里亞是龍緋煉要疑雁找來的，實際上，他是要借由疑雁的「現身」讓校長他們知道，他們已經自行將這件事處理完了。

所以，格里亞有沒有找過來根本就不重要。但他沒想到，格里亞明知道自己可以不用走這一趟路，還是來宿舍找他們。

他來，是要告訴他們，學院護衛隊抓到了一名襲擊者，接著剛好龍夜就進來了，也因為如此，龍月沒辦法進一步訊問更深入的事情。

那便是祭司的處理方式。

「教會這次派出的黑暗獵人和光明祭司組合，很難應付。」疑雁一直靜靜地聽他們談話，聽到龍月的疑問，忍不住開口。

「我就是這樣想的。」龍月感慨道：「如果學院處理不好，我們就要擔心教會接下來的動作了。」

黑暗獵人還只是小事，重點在於光明祭司，如果祭司被學院抓走的風聲傳了出去，那就不是學院說要私了，就可以私下解決的狀況。

「關於這點，祭司死了，你可以放心。」龍緋煉有最新的情報。

「咦？真的嗎？」龍月錯愕地說。

「我有騙你的必要？」龍緋煉不悅的揚眉，「你再等幾天，學院肯定會告知我們，對方他已經清理掉了，要我們安心。」

因為，學院必須給他們一個交代，對於此事，不能馬虎。

龍緋煉看龍月依然無法釋懷，「等到我介意的時候，你再煩惱就好，在這裡，你的擔心都是多餘的。」

龍月聞言，苦笑接受。

的確，等到這位大人真的在意時，才是真的有麻煩吧！

想到這裡，他也輕鬆多了。

楓林學院，靠近武鬥院的楓林區，傳來了奔跑聲。

少年在林間跑著，就算他跑到氣喘吁吁，也不敢停下。

因為他處於被追逐的狀態，只怕他停下休息時就會被後方的人追上。

開、開什麼玩笑呀！他一邊喘氣的跑，一邊想著。

為什麼護衛隊的人要抓他？他在內心大喊。

他是修恩．斯狄亞。當他要回到宿舍休息時，就看到一名黑髮青年自稱是護衛隊，笑笑地阻擋他回房的路，說是有事情要問他。

——有關於學院院生被校外人士狙擊的事情。

他一聽，就知道他把那四名院生的情報交給光明教會的事情被察覺了。

只是他不明白，為什麼這個人會知道，情報是他給教會的呢？

他腦袋一時無法順利運作，當下的反應是轉身逃跑。

這個動作也代表他作賊心虛，青年所說的絕無虛假，是真的。

修恩見他一時糊塗，沒有裝傻到底，反而事跡敗露，就知道楓林學院不能待了，他要快點離開學院，通知主人這一件事。

「唔——」

可能是急著逃跑，修恩一時不注意，腳勾到了樹根，他腳步一個不穩，重重地往前撲倒。

當他想要爬起來繼續跑，已經來不及了。

耳畔傳來破空聲時，他看到劍尖刺在身旁的土裡，像在說跑不掉了。

修恩僵硬地站起，轉過身，看到黑髮青年與兩名身穿護衛隊制服的男子。

「修恩‧斯狄亞。」青年手持摺扇，道出他的名字，「你將學院情報告知他人，反而使院生遭遇生命上的危險，你應該知道，你犯了怎樣的罪。」

「我想起來了，你是護衛隊的隊長，風‧格里亞是吧？」修恩的嘴角朝旁邊輕扯，沒有回答青年的問題，直接說出了他的身分。

在他被格里亞追著跑時，還在想這名青年到底是什麼人，為什麼可以派出護衛隊來追他，當他看到青年拿出摺扇時，就知道對方是誰了。

「正解。」格里亞笑道：「你有遺言要說嗎？」

對於格里亞看似玩笑的話語，修恩完全沒有想笑的慾望。

這個人是真的想要殺他，他很確定。

「你確定是我做的？」修恩想掙扎一下，「在我來說，是你的態度太過可怕，嚇到了我，我才決定逃跑的。」

「想要裝傻？」

格里亞將摺扇闔起，虛空朝他點了一下，「要怪就怪你跟蹤人的技巧太差，被人發現

瞬間，修恩感覺自己被人澆了一大盆的冷水，一股寒意從心裡飄出。

不知怎地，他想到那名紅髮青年。

他也只是在最初的時候跟蹤過那四個人而已，他們就確定是他把情報告知教會嗎？好恐怖的一群人，不，應該說，恐怖的是那名紅髮青年。

「你現在有兩條路選擇，一，是死在這裡，二，是告訴我們，你是用什麼方法逃過大門的結界。嘛，你想要選哪條呢？我可以給你時間考慮。」

格里亞笑著說，修恩卻十分確定，這個人希望他選第一條，而不是第二條。

「這個嘛，我應該有第三條路吧？」

修恩拿出一顆透明的結晶，用力壓碎，他的身影瞬間消失不見。

格里亞不意外的笑了笑，「哦？傳送石？」

「隊長，我們要派人去大門嗎？」

「不需要。」格里亞輕輕笑了，「他自己選了第一條路。」

說完，他輕輕揮動摺扇，原本消失的修恩又回到了他的眼前。

「真可惜，在你進入森林後，我就張開了結界，你是逃不了的。」

修恩詫異地看著格里亞，內心充斥著絕望，他以為自己可以脫逃，但這一切，都在這個青年的計算中。

格里亞彈指，指揮著他的護衛隊隊員，將修恩逮捕。

雙方的交易

夜裡，龍月來到宿舍頂樓到處張望。

很快的，他看到靠在圍欄旁的銀髮少年，立刻走上前，「暮朔，你找我？」

暮朔抬起頭，看了龍月一眼，點了點頭。

「你才剛醒來，不多休息一下嗎？」

「呵啊，不用。」暮朔又打了個呵欠，「好不容易等到小鬼睡著，能出來晃晃就要多晃一下呀！」

「你這麼說也對。」龍月表情複雜的點頭。

當他從龍緋煉那裡聽說過暮朔的狀況後，就不知道該怎麼面對他。

「緋煉跟你說了啥？」暮朔看龍月欲言又止的模樣，忍不住說道：「他說的你不需要全部聽進去，看你那樣子，沒有讓我噁心死，我就要感謝上蒼了。」

「哈哈。」龍月苦笑，「你找我出來，是要做什麼？」

「沒什麼，只是無聊而已。」

面對暮朔的回答，龍月也只能嘆氣。

「好啦，沒什麼事我要回去了，你早點休息吧！剛復原的人還是別亂跑。」

當他說完，轉身想離開時，暮朔叫住了他。

「欸，龍月。」

「嗯？」

龍月應聲轉頭，還來不及反應，暮朔對著他拋出了一把帶鞘長劍。

他趕緊接住長劍，再將長劍出鞘一看，狐疑地問：「這是？」

「學院的院生長劍。」

「我知道，你給我做什麼？」龍月不懂，「我已經有一把了。」

「你那把又沒有改良過。」

暮朔指著龍月手中的劍，晃了晃食指，「這把劍我重新改良過了，你可以找一天練一下手感。」

「呃，好。」龍月錯愕點頭，懷疑他眼花了、聽錯了，他還沒跟暮朔提改劍的事，暮朔就已經先準備好了。

「欸，上次你把我的劍用斷，我只是整你一下當作賠償，這次你如果不好好愛惜這把劍，我不只要你付百倍賠償，你也沒有下一次請我改劍的機會。」

「嗯，我知道。」龍月點頭說：「那這個……價錢多少？」

他吞吞吐吐了許久，最後決定還是與暮朔詢問一下改劍的價碼。

「免費的，不需要付錢。」

暮朔聽到後差點吐血，他真的有這麼奸商，看起來就是會是強迫推銷的人嗎？他沒直接開價就是要送人的嘛。

「謝、謝謝。」

龍月這回是真的嚇到了，暮朔居然送他劍？

等等他回房間後，要看看外頭會不會降下紅雨。

「你不要把我給你的方便當成隨便喔！」暮朔認真的說：「這次我把劍改成與你家的寶貝劍差不多的水準，你如果再把劍給用斷了，我可是生不出與你手中這把相同水準的劍了，啊，不過真到那時候，你也沒有要我幫忙的機會。」

暮朔看著龍月的劍，強行忍住要與他索取報酬的想法。

他能夠馬上改出一把適合龍月的劍，還得感謝龍緋煉。

因為教會的襲擊，打亂了他們的計畫，龍緋煉不只去威脅了校長，也跑去找了校長祕書，要他派人去找祕石材料，當作是這次事件的「部分」補償。

當龍緋煉從龍夜的手中拿到最後一份材料，直接把東西扔給格里亞，要他用材料換取水祕石。

格里亞沒讓他失望，過沒多久，就拿出一顆完整的水祕石來。

再加上龍夜想要讓他開心，就自行在遺跡收集了不少元素。

得到那些元素和水祕石，暮朔修劍的速度意外的快，所以他才可以在這個時間把龍月叫出來，將劍交給他。

龍月看著手中修好的劍，可能是當初將劍用斷，很對不起暮朔，之後暮朔又自動送他劍，讓他有點良心不安。

他想了想，「暮朔，有什麼事情是我可以做的，你可以拜託我，只要不是太困難的事情，我都可以去做。」

「啊啊，不需要。」暮朔擺手說道：「你是小鬼的朋友嘛，如果一直壓榨你，小鬼也會生氣的。」

「呃，是這樣嗎？」龍月有點訝異，他一直以為暮朔不會注意龍夜的心情。

「對啦、對啦！」暮朔煩躁地說，接著又問：「欸，我問你，緋煉有跟你說什麼小鬼的事情嗎？」

「緋煉大人要我裝作什麼都沒看到，別去管與夜相關的事情。」

「噢，他沒說錯。」暮朔笑了笑，「你如果真的希望我拜託你什麼事，我最想要拜託的，應該是這個了。」

面對暮朔與龍緋煉一樣的答案，龍月長嘆口氣，看來所有人都認為他管太多了，「好吧，我知道了，我會克制。」

既然話是他先提的，暮朔都這麼說了，他以後還是節制一下。

「答應是答應，那小鬼一旦想要拜託你，你還是會不忍心拒絕吧？」

暮朔好歹也是龍夜的兄長，對於自家弟弟哀求龍月幫忙的手段，見多了。

「呃，我有拒絕過。」

「那也是在任務進行前，有事先說明不能幫忙的時候。」

聽到暮朔以極快的速度反駁，龍月當下不知道該怎麼回答。

「算了，不讓你為難。你把答應緋煉不管龍夜的約定忘了，我只要你沒得到我跟緋煉點頭，小鬼拜託你的事情都不可以做，其他的，你自己斟酌。」

「沒問題。」

龍月很快就同意了。

好歹龍緋煉警告過他，暮朔也說了，他如果再犯，估計會被這兩人打死。

「那你好好加油。」暮朔拍著龍月的肩膀，「雖然小鬼現在還欠人調教，只希望以後你可以好好的照顧他，以後他就拜託你了。」

說完，他對龍月揮了揮手，逕自離開了頂樓。

「照顧嗎？」龍月等到暮朔離開後，喃喃自語著。

不論暮朔表現的再堅決，再不希望他幫忙龍夜，可是……

龍月苦惱地抓了抓頭髮，在他的感覺裡，其實今晚的對話中，暮朔最後這一段話，才是他最希望自己可以做到的事情吧？

——雙夜02黑暗與光明的交錯完

附錄：幕後花絮

編輯平和万里VS作者櫻小薰

首先，是來自——平和万里的血淚修文吐嘈。

編史中最著名的悲劇人物，大概所有人第一個想起的是司馬遷大人。

而在我不多不少，至少超越百來本的修稿史中，最悲慘的或許是這一集！

並不是劇情不堪入目，也不是文筆稚嫩拙澀，那些算什麼麻煩。

真正的麻煩是……一本奇幻的輕小說，變成了言情的文藝故事。

說到這裡，不得不說，身為作者是可以去再進修，但是！務必要選對進修方向啊，明明寫的是奇幻，作者櫻小薰妳去進修言情幹什麼呢？

當稿子打開那瞬間，無數言情的字串噴騰襲來，毫不留情。

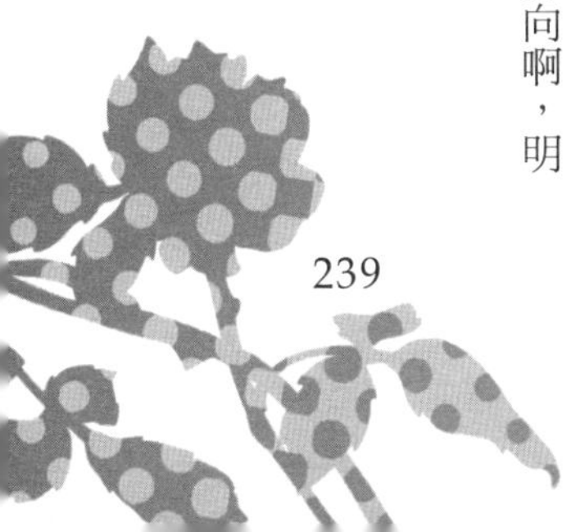

不論是暮朔、龍夜、龍月、龍緋煉，甚至是茲克校長，全數像扭著蘭花指，嬌聲嫩氣的笑了又笑的小姑娘，是那麼的溫柔似水、繾綣纏綿，就是沒有半分男子氣概，也沒有王霸之氣這種東西存在。

那一刻，幾度抹眼，懷疑自己眼睛出了問題，或者開錯了稿子。

再仔細閱讀，竟然驚恐得見劇情裡散滿宮鬥般經典的鬥嘴場面，為什麼明明是如此嚴肅，如此殺人不用刀的言語暴力場景，寫的這麼毫無殺氣？那種丟丟東西、踹踹桌子、用言語調戲又是怎麼回事？

在此重複一遍，作者再次進修時，不論你覺得哪本書是如何合你胃口，又是如何的言之有物、描述精緻，請先想清楚你手頭上這本書是什麼類別啊！

就因為櫻小薰愛上言情文藝的那一刻，身為編輯的我，面對文風劇變的這一集，除了默默淌淚之外，是一口口的心血在往外噴冒。

坦白說，有一度被雷得裡焦外嫩，完全是毫無動力修稿，更是曾經打回重寫，還強行逼迫櫻小薰從頭給我再修一遍。

是的，編輯跟作者就是這樣的互動。

不是作者使盡手段的用文字去雷編輯，就是編輯揮編子要求作者重修再重修，好在櫻小薰在修文這方面十分配合，總算讓咱看到不那麼言情的稿子。

只是，再度修稿往往容易讓作者陷入一種「原地繞圈」的鬼打牆狀態。

於是編輯就要耐著性子，當作者莫名其妙用二至三種以上的敘述去描寫同一個段落的時候，將它們一字字的殲滅掉。

修文有時比偵探去搜查一個案件還更需要小心謹慎，尤其櫻小薰最擅長在文裡佈置言語陷阱，常常讓身為編輯的我疲於奔命。

以為這麼修就可以的想法，常常在修到底下某段時全面推翻。

一次次的回頭重修，一次次的在雙方溝通時嚴刑拷問櫻小薰，好確定某一段的修改完全無誤，正是她想表達的那樣。

難得有一次修文，修得這麼戰戰兢兢、痛不欲生。

這一集能夠生出來，真是讓我跟櫻小薰都想仰天長嘆了。

可以說，修完這一集，咱深深覺得，等級提升！而且至少連升三級。

修文技能日積月累之下，原以為修到了技能滿格，卻原來是錯覺。

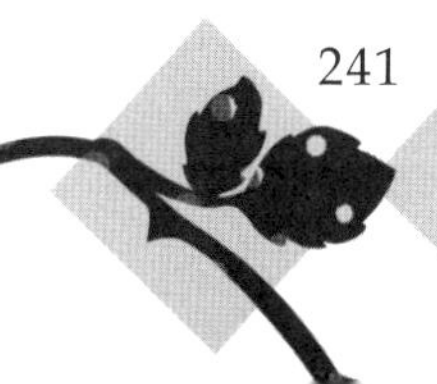

好在開始修稿的那一天，面對本集的殘酷攻勢，咱索要了文末的作者空間，逼櫻小薰讓位出來，以供吐血吐到快陣亡的編輯我發發怨言。

之前修稿第一集時，還曾經期許第二集作者能進步多少。

卻因為作者選錯了進化，欸，錯了，進修的方向，這集反而麻煩多多。

有時真的不要「太體貼」編輯，認為靠自己努力就可以。

作者妳要相信，術業有專攻，需要進修時，請愛用編輯的經驗。

否則，很容易進修失敗的同時，把編輯拖進更深的地獄深淵裡。

那麼，血淚抱怨說到這裡，咱終於吐出了胸口的深深怨氣。

下頭櫻小薰妳要不要講點什麼？咱給妳發誓不再幹這種蠢事的機會。

接著，是來自——櫻小薰的補充說明。

話說，上一集讓編輯吐了幾十灘的血，這次第二集吐血量應該有上次的數倍以上吧！

這次的經歷告訴了我，要研究小說千萬要挑對本！

一旦對象挑錯，就是大家一起遠望和 Orz 的窘狀！

因為就連我被編輯問的時候，去看上一集的《雙夜》也當場囧了起來。

可以理解編輯當時被雷到問我受到什麼刺激，導致文風大變的疑問……

附註：研究時，請務必不要研究太過火，過頭的結果是自己的文風偏了不說，還變成了滿滿雷點的四不像，最後大家一起我看著妳、妳看著我，一起吐血倒地（掩面）

為了改正這充滿地雷的道路，編輯建議一邊看著自己的上一本，慢慢的把手感和文感給抓回來，還好，經過一段時間的奮鬥，終於改正了回來，可以跟充滿地雷的道路揮手道別。

而且我修完之後，深深覺得編輯辛苦了。（鞠躬）

看到編輯嘔血的狀況，突然就想自己該不該給她咬消消氣，就算自己變成餅乾渣也沒關係！

還有，關於這一集，光明教會和黑暗教會的事情浮出了水面，另外，總算把龍夜和暮朔兄弟兩人的事情給交代出來了。

雖然龍夜還是讓人想要敲死的愛依賴個性，在這一集也稍微成長了不少，希望下一集可以保持呀（合掌）。

以下是我的出沒地點，歡迎大家踏踏～

部落格：http://wingdark.blog125.fc2.com/

噗浪（PLURK）：http://www.plurk.com/wingdarks

飛小說。
We Love
Easyfly.

■幻獸擂台■

幻獸王02

通過職業幻獸師考試的少年們，
獲得了前往全國大賽的入場券。

然而，在眼前等著他們的，
卻是號稱全國第一的幻獸師集團
——長樂會。隨著少年們在比賽中
逐漸獲勝，長樂會長的真實身分也
呼之欲出……不是別人，正是為了
追求永恆的青春而意欲喚醒暗黑魔
神的靈皇！

為了對抗靈皇的強大力量，祺翔和
宇文士分別展開了最終試煉！

進化吧！MOMO！
我們要成為幻獸王！

■除靈事務所■

都市鬼奇談02

我是柳暉，
一個失業中的正直青年。

因為太正直了，所以很難找工作
——既然如此，乾脆自己開店做生
意吧。
找一間好的店面是重要的；找一間
又好又便宜的店面是不容易的……
如果你找到了，恭喜你，這間店八
成鬧鬼——至少我這間就是。
沒問題，我曾曾爺爺可是降妖收鬼
的天師！憑著他傳下來的本領，要
收拾個小小女鬼還不是易如反掌
的事？
不過嘛，俗話說得好，人比鬼更可
怕！這小小的鬧鬼事件，居然牽扯
出一樁錯綜複雜的命案。
而且，兇手竟然是……我？

■本期推出■

■交錯時空■

逆行世界02

關於「我」的一切，也許我自己並不清楚？

吃飯、睡覺、上學……戰鬥？
十六歲少年的生活，正在一點一點的被改變。
你絕對想像不到，在他的身上發生了什麼事──
因為就連少年自己都不記得了。
可是。
身邊的人，好像知道些什麼？
沒有人提起，沒有人願意說。
一切的一切都好像沒有發生過。
就彷彿少年本應如此、就好像少年不曾存在……

不存在於這個世界。因為屬於另一個世界。

☞您在什麼地方購買本書？☜

☐便利商店__________☐博客來　☐金石堂　☐金石堂網路書店　☐新絲路網路書店

☐其他網路平台__________☐書店__________市／縣__________書店

姓名：__________地址：______________________________

聯絡電話：__________電子郵箱：______________________________

您的性別：☐男　☐女

您的生日：__________年__________月__________日

（請務必填妥基本資料，以利贈品寄送）

您的職業：☐上班族　☐學生　☐服務業　☐軍警公教　☐資訊業　☐娛樂相關產業

☐自由業　☐其他____________

您的學歷：☐高中（含高中以下）　☐專科、大學　☐研究所以上

☞購買前☜

您從何處得知本書：☐逛書店　☐網路廣告（網站：______________）　☐親友介紹

（可複選）　☐出版書訊　☐銷售人員推薦　☐其他

本書吸引您的原因：☐書名很好　☐封面精美　☐書腰文字　☐封底文字　☐欣賞作家

（可複選）　☐喜歡畫家　☐價格合理　☐題材有趣　☐廣告印象深刻

☐其他____________________

☞購買後☜

您滿意的部份：☐書名　☐封面　☐故事內容　☐版面編排　☐價格　☐贈品

（可複選）　☐其他

不滿意的部份：☐書名　☐封面　☐故事內容　☐版面編排　☐價格　☐贈品

（可複選）　☐其他

您對本書以及典藏閣的建議______________________________

____

____

✌未來您是否願意收到相關書訊？☐是　☐否

✍感謝您寶貴的意見✍

✌From____________________@______________________________

♦請務必填寫有效e-mail郵箱，以利通知相關訊息，謝謝♦

印刷品

$3.5
請貼
3.5元
郵票
不思議信箱
FUSIGI POST

235 新北市中和區中山路二段366巷10號10樓

華文網出版集團　收

（典藏閣－不思議工作室）

002
DARK櫻薰/NOVEL
薩那SANA. C/ILLUST
My brother,
lives in my body.

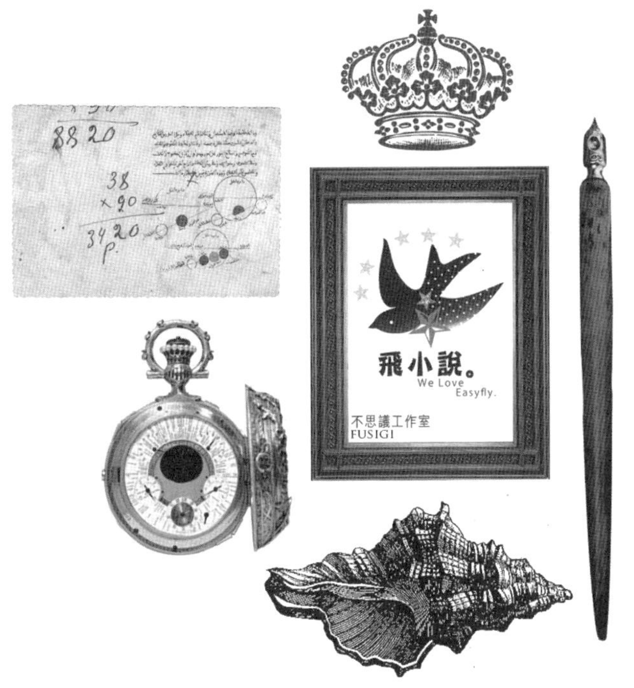

不思議工作室

「年輕、自由、無極限」的創作與閱讀領域

為什麼提到奇幻的經典，就只會想到歐美小說？
為什麼創意滿分的幻想作品，就只能是日本動漫？
為什麼「輕小說」一定要這樣那樣？

站在巨人的肩膀上，是為了看得更遠。
讓我們用自己的力量，打造屬於自己的文化！

不思議工作室，歡迎各式各樣奇想天外的合作提案。
來信請寄：book4e@mail.book4u.com.tw

不論你是小說作者、插圖畫家、音樂人、表演藝術工作者……
不管你是團體代表，還是無名小卒。
不思議工作室，竭誠歡迎您的來信！
官方部落格：http://book4e.pixnet.net/blog

我們改寫了書的定義

董事長　王寶玲
總經理　兼　總編輯　歐綾纖
出版總監　王寶玲
印製者　和楹印刷公司

法人股東　華鴻創投、華利創投、和通國際、利通創投、創意創投、中國電視、中租迪和、仁寶電腦、台北富邦銀行、台灣工業銀行、國寶人壽、東元電機、凌陽科技(創投)、力麗集團、東捷資訊

◆台灣出版事業群　新北市中和區中山路2段366巷10號10樓
TEL：02-2248-7896
FAX：02-2248-7758

◆倉儲及物流中心　新北市中和區中山路2段366巷10號3樓
TEL：02-8245-8786
FAX：02-8245-8718

雙夜/DARK櫻薰作. -- 初版. 一新北市：
華文網，2011.05-
冊； 公分. --(飛小說系列)
ISBN 978-986-271-066-1(第1冊：平裝). ----
ISBN 978-986-271-074-6(第2冊：平裝).

857.7 100005809

飛小說系列004

雙夜02-黑暗與光明的交錯

出版者■典藏閣
作　者■DARK櫻薰
繪　者■薩那SANA.C
總編輯■歐綾纖
企劃主編■平和万里
製作團隊■不思議工作室

郵撥帳號■50017206采舍國際有限公司（郵撥購買，請另付一成郵資）
台灣出版中心■新北市中和區中山路2段366巷10號10樓
電　話■（02）2248-7896　傳　真■（02）2248-7758
物流中心■新北市中和區中山路2段366巷10號3樓
電　話■（02）8245-8786　傳　真■（02）8245-8718
ISBN■978-986-271-074-6
出版日期■2011年7月

全球華文國際市場總代理／采舍國際
地　址■新北市中和區中山路2段366巷10號3樓
電　話■（02）8245-8786　傳　真■（02）8245-8718

新絲路網路書店
地　址■新北市中和區中山路2段366巷10號10樓
網　址■www.silkbook.com
電　話■（02）8245-9896
傳　真■（02）8245-8819